Quest'opera è protetta dal diritto d'autore e riservata. Ogni uso improprio o diffusione dell'opera o di parti di essa tramite supporto meccanico, elettronico o altro, traduzione e rappresentazione in pubblico senza il consenso dell'editore e dell'autore è vietato e sarà perseguito.

Questo libro è un'opera di fantasia. Personaggi e luoghi citati sono invenzioni dell'autore e hanno lo scopo di conferire veridicità alla narrazione. Qualsiasi analogia con fatti, luoghi e persone, vive o scomparse, è assolutamente casuale.

Giada Trebeschi

Fino alla fine di noi

Romanzo

Illustrazione di copertina: Giorgio Rizzo, *Incontro di mani*, aquerello su carta, 2023

Proprietà letteraria riservata

Scelto per voi da: The Owl

ISBN: 978-3-96207-327-5

© 2023 Oakmond Publishing GmbH & Co. KG
Günzburg - Deutschland
www.oakmond-publishing.com

06 giugno 2023

L'abbinamento

Che cosa c'è di divino nel vino?
La mano dell'uomo.

Il vino, simbolo di divinità e sangue, di benedizione e di vita, non nasce solo dall'uva ma dal duro lavoro e dalla sapienza di chi lo produce.

Fin dalle origini, dagli egiziani ai greci, dai testi biblici al vangelo, dai persiani all'antica Roma, dai monaci medioevali a Omar Khayyam, il vino è stato simbolo divino e umano.

Siduri, la fanciulla che fa il vino nella tradizione sumera, è una semidea che vive nel mondo di mezzo fra la terra e il cielo. Ma non vivono forse in un luogo del tutto simile anche l'artista e il poeta?

Solo la padronanza della tecnica, la costanza, la creatività e il lavoro producono un buon vino. Lo stesso accade nell'arte e nella letteratura.

Per questo motivo, alla *Oakmond Publishing* abbiamo deciso di consigliare un vino da abbinare a ciascuno dei nostri libri, due prodotti da gustare con i sensi e l'intelletto in quanto piaceri divini creati entrambi dalle capacità e dalla conoscenza dell'uomo.

Con **Fino alla fine di noi** consigliamo di abbinare un imponente e aromatico Malbec argentino.

Premessa

a cura di Alessandra Calanchi
Università di Urbino

Sulle note di un tango

Un racconto di ieri.

Una fuga, un marito violento, navi cariche di migranti, uno scambio d'identità.

L'amore: più forte della disperazione.

L'autrice ci porta per mano fino alla fine del mondo, in un viaggio che a poco a poco diventa il nostro. E il racconto diventa sempre più un racconto di oggi, fatto di paura e silenzi, di intense confessioni e legittime vendette. Quella che vediamo in queste pagine è un'umanità *di terza classe* mescolata a personaggi potenti, ora malfattori, ora salvatori. E il destino delle donne è di essere merce di scambio, ostaggio, oggetto del desiderio: nella migliore delle ipotesi troviamo il matrimonio combinato e, per chi è figlia del peccato, il convento.

Siamo nel 1946. Da solo un anno le donne avevano il diritto di voto in Italia. Si sarebbe dovuto aspettare il 1970 per il divorzio, il 1978 per l'interruzione volontaria della gravidanza, il 1981 per la cancellazione dal codice di diritto penale del delitto d'onore, e il 1996 per la proclamazione del principio per cui lo stupro è un crimine contro la persona, e non contro la morale pubblica.

Abbiamo fatto passi avanti, ma il quadro, oggi, non è così diverso.

La donna si è emancipata sotto molti punti di vista, ma è ancora vittima di stupro (anche coniugale), femminicidio, intimidazione, stalking, molestia sul lavoro, discriminazione di genere. Anche nella nostra società *avanzata*. Perfino l'intelligenza artificiale percorre i binari tracciati da un ovvio paternalismo alleato alla maschilità alfa, a partire dai correttori automatici che non accettano l'apostrofo in *un'ingegnere, un'economista*, anche se stiamo parlando di una donna; per continuare con la voce servilmente seducente delle assistenti vocali e per finire con le peggiori bias (sessiste e razziste) incorporate nei sempre più sofisticati programmi di *machine learning*.

E i migranti? Quanti di loro, in passato, sono stati italiani? Uomini e donne che scappavano dalla miseria, dalla persecuzione, dalla privazione della libertà? C'è una frase di questo libro che vi invito a leggere e rileggere con attenzione: «chissà quanto aveva sofferto prima di prendere la decisione di attraversare il mare da sola.» Nessuno attraversa il mare senza sofferenza, se non lo fa per turismo o per lavoro. E nessuna donna metterebbe in pericolo i propri figli, se non perché animata dalla speranza di dar loro un'opportunità. La speranza che nasce dalla disperazione può sembrare un paradosso, ma non lo è. E troppe volte le donne hanno rinunciato ai loro figli per sottrarli a un destino peggiore della morte: non solo fiction – basta citare *Beloved* del premio Nobel Toni Morrison (1987) – ma nella realtà tragicamente a noi vicina: «C'era una donna giù in fondo al mare, il cui corpo è rimasto incastrato a metà fuori da un oblò, mentre teneva in braccio suo figlio» (2 settembre 2022); «Anche la madre del piccolo è morta poche ore dopo aver gettato in acqua il suo bambino» (3 febbraio 2023).

Anni fa ho tradotto un romanzo di Lawrence Thornton, *Imagining Argentina* (in italiano *Il tango degli innocenti*, 1996). Questo romanzo inizia con Evita Peròn; quello partiva dalla tragedia dei *desaparecidos*. Il narratore, per salvarsi dalle continue torture, scriveva con l'immaginazione parole e parole sui muri della cella dov'era rinchiuso. Inventava, giorno dopo giorno, ora dopo ora, un mondo a parte, una dimensione di libertà, un'utopia che non è il metaverso ma quel mondo interiore che invece di implodere nella facile euforia di un istante può diventare lo spazio della salvezza, della rivoluzione autentica, della resistenza. Nell'attesa di uscire dalla cella.

È curioso che anche questo romanzo si concluda sulle note di un tango. Ma in realtà mostra fin dall'inizio una toccante struttura musicale, il ritmo di una danza che unisce la Storia alle singole storie. Sulle cui note vediamo alternarsi parole d'amore ma anche di abbandono, di vita e di morte, di sessualità e di maternità.

Personaggi

Maria Elena de' Mari, alias **Dora Ferrando Maggiolo**
Goffredo Bacicalupo, marito di Maria Elena de' Mari
Donna Adele Bacicalupo, madre di Goffredo

Mario Maggiolo, marito di Dora Ferrando
Massimo Maggiolo, fratello di Mario
Pedro, servo mulatto dei Maggiolo
Agacia, serva dei Maggiolo

Maria Elena Maggiolo, figlia di Maria Elena de' Mari

I

Dal diario di Dora Ferrando Maggiolo
27 Febbraio 1946

Cara Maria Elena,

sono passati solo tre giorni dall'elezione del generale Perón alla presidenza del paese e già sua moglie afferma con forza i diritti delle donne. I diritti civili e politici di cui tutti dovrebbero godere, uomini e donne, indistintamente.

Compreso il diritto al voto.

Non so se Perón sarà un buon presidente ma quantomeno una cosa buona l'ha fatta per sé e per l'Argentina: ha sposato Evita.

Le ha concesso di stargli vicino in campagna elettorale come mai prima d'ora una donna aveva potuto. Deve amarla profondamente, e stimarla, come donna e come consigliera.

Almeno in questo è un uomo illuminato e non è cosa di poco conto.

Mi auguro solo che Evita si faccia ponte fra il generale e la sua gente; in quel caso ci sarà una speranza per l'Argentina.

Speranza.

Solo per quella ho combattuto una vita intera e ho sofferto e amato.

La speranza che un giorno anche alle donne sia concesso di vivere la propria vita da persone libere. Libere di pensare, di studiare, di scegliere chi amare. E ancora, adesso che sto per morire e che tuo fratello Diego ci ha lasciati, continuo a sperare.

Un'irriducibile della speranza, ecco cosa sono.

Lo faccio per te, figlia mia amatissima, per te che non mi hai mai vista, per te che nemmeno sai che esisto.

Per te, che vivi dall'altra parte del mondo.

Spero.

E scrivo.

Spero che tu possa essere una donna libera.

E scrivo, perché tu conosca la storia di tua madre.

Ho rinunciato a te solo per regalarti quella libertà che ogni essere umano si merita. Ho rinunciato a te e non c'è stato giorno, non c'è stata notte che io non abbia pianto per non poterti stringere, amare, crescere. Ma non mi sono tirata indietro e ho fatto l'unica cosa che una madre doveva fare.

Se ti avessi tenuta con me ti avrei perso in un modo ancor più crudele e devastante: nemmeno adolescente mio marito ti avrebbe rinchiusa, incarcerata dietro a un velo e a un muro fatto di preghiere e insensate rinunce.

Non avresti avuto scelta.

Così ho preferito scegliere io. Libera di scegliere di perderti subito piuttosto che far di te una prigioniera innocente per il resto della tua vita.

Spero mi perdonerai per non averti tenuta stretta quando ti sentivi sola, per non averti baciato ogni sera prima di rimboccarti le coperte, per non aver visto i tuoi primi passi né ascoltato le tue prime parole.

Mi chiedo se la tua prima parola sarebbe stata *mamma*.

Perdonami per non esserti stata accanto mentre diventavi la meravigliosa donna che sei, per tutte le volte che hai cercato le carezze di tua madre e non le hai trovate.

Perdonami.

Vorrei poter venire da te.

Adesso che Diego è morto accoltellato in quella tragica rissa, non c'è più nulla che mi tenga incatenata qui. Vorrei venire da te, davvero, non sai quanto. Ma il mio corpo malato me lo impedisce. Spero solo d'aver tempo abbastanza per scrivere tutto quello che non ti ho mai potuto raccontare, per scriverti la mia storia che è anche la tua.

Vorrei scappare.

L'ho già fatto una volta e lo rifarei subito se questo cancro che mi cresce nelle viscere non avesse deciso altrimenti.

E allora ti racconterò in queste pagine di quella fuga che mi ha portato fino alla fine del mondo, che mi ha portato l'amore. E te.

Scriverò fino a quando non sarò più in grado di tenere la penna in mano, fino a quando non mi sentirò troppo debole per girare la pagina.

Scriverò in fretta per avere il tempo di raccontarti tutto senza tralasciare nulla, senza dimenticare di parlarti di quei dettagli impressi a fuoco nella mia anima. Mi scuserai se non saprò dirlo bene o con parole appropriate.

Scriverò, e sarà questo il mio viaggio, la mia nuova fuga prima di entrare nel mondo dei morti e raggiungere tuo fratello Diego.

Non ho paura sai.

Vado da lui.

Quello sarà il mio ultimo viaggio, il viaggio che non potrò mai raccontare. E dunque, prima che il mio tempo finisca, ti racconterò chi sono davvero e come sia arrivata fin qui.

Sono nata nel 1895 a Genova in una delle più antiche famiglie aristocratiche della città. Mi hanno battezzato Maria Elena, Vittoria Margherita de' Mari, anche se sono quasi venticinque anni che tutti mi chiamano Dora.

Dora Ferrando, il nome della donna che mi ha salvato la vita.

Mio padre, Girolamo Maria, discendente di un ramo cadetto della famiglia, era riuscito a farsi un nome nel commercio dell'allume ma nel

1916, durante la Grande Guerra, due delle sue navi affondarono in una terribile tempesta. O in un bombardamento. Non fu mai chiarito, ma per noi non fece differenza.

Perdemmo tutto.

Non ci rimasero che un pezzetto di casa, il buon nome e i vestiti che avevamo addosso. Mia madre, per fortuna, non era già più. La guerra ci portò via, alla fine del 1917, anche mio fratello Lorenzo, uomo di mare mandato in trincea sulla Marmolada. Le condizioni in cui vivevano i soldati sulle montagne erano ai limiti della sopportazione umana e Lorenzo non riuscì a passare l'inverno. Morì assiderato, ci dissero. Aveva diciannove anni.

Noi abbiamo tirato avanti fin che abbiamo potuto. Poi papà si ammalò preoccupandosi solo di morire prima di vedermi sistemata. Avevo quasi venticinque anni e, a maggio del 1921 organizzò il mio matrimonio.

Decise che era ora che mi sposassi così che lui potesse morire in pace.

Mi chiedo quando verrà il giorno in cui una donna potrà evitare la tutela di un uomo.

Prima il padre e poi il marito.

Come se lei, da sola, non fosse in grado di decidere per sé. Come se una donna che partorisce, cresce dei figli, lavora, si occupa della casa e della famiglia non avesse il diritto di scegliere da sola della propria vita.

Come se fossimo esseri inferiori.

Non lo siamo Maria Elena, ricordatelo. Cercheranno di convincertene, ma non lo siamo. Non siamo persone menomate né ritardate. Non abbiamo la loro forza fisica, certo, ma non ci serve perché quella dentro di noi le supera tutte. È con quella che andiamo avanti, è con quella che ci carichiamo del peso della vita. A volte mi chiedo se, in realtà, non sia sulle spalle delle donne che poggi il mondo.

A ogni modo, allora ero giovane e non avevo scelta.

Mio padre mi ha messo nelle mani di Goffredo Bacicalupo il ricco armatore, il grand'uomo cui nessuno mai aveva osato dire di no.

Lo sposai.

E divenni sua prigioniera.

A volte questi matrimoni combinati possono persino essere fortunati. Ne ho visti alcuni, pochi, ma ne ho visti. Il mio però non lo è stato. Goffredo era un violento, uno spregevole padrone che mi trattava come avrebbe trattato la sua schiava non la sua sposa.

E mi picchiava.

Tutte le notti.

Era convinto che salvandomi dall'indigenza, si fosse garantito il diritto di far di me ciò che voleva.

Se non fossi riuscita a scappare, le mani di quel maledetto mi avrebbero certamente fatto incontrare la nera signora molto prima del tempo.

Già dalla prima notte di nozze ho avuto l'impressione di essere caduta in un incubo.

Ero vergine, come si conviene a una sposa.

Almeno secondo quanto dicono.

Ho imparato con il tempo che è una somma sciocchezza.

Vergine.

Per chi? Per cosa? E gli uomini? Perché solo noi donne? Non dovrebbero esserlo anche loro? Puri e intatti per la loro sposa.

Che sciocchezza questa verginità.

La mia l'ho persa senza troppe smancerie. Mi ha violentata fin dalla prima notte. E non solo nel corpo, soprattutto nell'anima.

Aveva vent'anni più di me Bacicalupo e voleva domarmi. Ero una cosa sua. Soltanto sua. Di me poteva fare ciò che voleva. Mettermi in mostra, nobilitarsi grazie al nome della mia casata per farsi accettare dalla Genova aristocratica di giorno e brutalizzarmi di notte.

Era lucido nelle sue azioni.

Lucidissimo.

Per questo non mi ha mai picchiata in faccia. Non avrebbe potuto portarmi in giro altrimenti. Ma è riuscito a rompermi un polso, incrinarmi più di una costola che ancora, se respiro troppo profondamente mi duole, per non parlare delle cicatrici profonde che mi ha lasciato. Un sadico, un malato mentale, arrogante e possessivo.

Mio padre mi veniva a trovare e io facevo finta che andasse tutto bene per non farlo stare in pena.

Perché lo feci?

Non lo so.

Forse pensavo fosse giusto, così. Tacere, come migliaia di donne avevano fatto prima di me e come molte altre ancora avrebbero fatto dopo.

Tacere.

Allora lo feci per non arrecare dolore a chi mi aveva smerciata come fossi un sacco di allume. Adesso non lo farei più.

Dopo un anno di torture continue, di paura, di quella logorante ipocrisia ero divenuta il pallido riflesso della donna piena di vita che ero stata. Ero pallida, smagrita, non mi guardavo neanche più allo specchio. L'immagine che vi era riflessa non ero io, era solo l'ombra di una donna già morta, inutile guardarla.

La mia fortuna fu che in casa non ci fosse solo la servitù che, come me, viveva nel terrore.

Nella grande casa di Bacicalupo abitava anche sua madre, una donna buona che si tormentava ogni giorno per aver generato un figlio feroce come quello.

Era lei che mi aiutava e che mi stava accanto. Era da lei che mi rifugiavo ogni volta. E lei mi accarezzava e mi amava impotente. Qualche volta si era messa fra noi rischiando lei stessa pur di fermare, almeno per un po', quello scempio.

«Mio marito era uguale» mi confidò una volta. E in quelle quattro parole c'era tutto il dolore di non essere riuscita a fare del figlio un uomo migliore del padre.

Fu quello il momento in cui la sua anima, per la prima volta in vita sua, si ribellò. In me rivedeva se stessa e non poteva sopportare che, ancora una volta, una giovane donna andasse in pezzi. No. Non lo avrebbe permesso mai più.

Io ero ormai al limite, senza forza, senza volontà se non quella di morire al più presto per liberarmi da quella tortura. Lei era stata come me e si era adattata a vivere una vita che aveva odiato. Aveva imparato a farsi d'ombra per essere notata il meno possibile, per essere abusata sempre più di rado. Eppure, ancora claudicava. E aveva perso la vista da un occhio. Il suo cuore però ci vedeva benissimo e vide che ero sul bordo di un baratro.

«Adesso basta. Ho un piano. Giurami che ti salverai e che farai tutto ciò che a me non è mai stato concesso. Vivi e ama oltre misura. A costo di farti scoppiare il cuore. Giuramelo».

Giurai.

Se non fosse stato per lei non sarei qui a scriverti. Tu non saresti mai nata e non l'avresti conosciuta. Donna Adele era una donna straordinaria e so che ti ha amato profondamente, nel tempo che le è stato concesso di starti accanto.

«È ora» mi disse la mattina del 10 agosto 1922.

Aveva organizzato tutto e io seguii il suo piano alla lettera.

Mi nascosi cinque giorni in una casupola di pescatori che Adele aveva pagato profumatamente. Sapevamo bene entrambe che Goffredo avrebbe messo sotto sopra la città pur di trovarmi ma che avrebbe cominciato da altri ambienti. Sarebbe andato subito da mio padre, dai nostri amici, dalle mie compagne di scuola e non mi avrebbe cercato fra la povera gente. Non subito almeno. Era troppo arrogante anche solo per pensarlo. Non aveva capito che io quello ero: una ragazza povera che non possedeva niente, neanche se stessa.

Almeno fino a quel momento.

La determinazione e la forza di Adele mi spinsero a credere che avrei potuto farcela e, se fossi davvero riuscita a scappare da quella bestia, avrei mantenuto a ogni costo il mio giuramento.

Avrei vissuto, e amato, fino a farmi scoppiare il cuore.

All'alba del quinto giorno un ragazzino mandato da Adele venne a portarmi una busta. Conteneva il biglietto di terza classe che ancora conservo e che ti lascio fra le pagine di questo mio scritto.

È il biglietto della mia vita.

Goffredo Bacicalupo, mio marito, aveva fatto i soldi sulla pelle degli emigranti che arrivavano da tutt'Italia per inseguire un sogno. E quegli stessi sogni, sui quali Goffedo aveva speculato diventando uno degli uomini più ricchi della città, avrebbero salvato sua moglie da lui.

Adele mi aveva procurato un po' di denaro e soprattutto un biglietto di sola andata per Buenos Aires. Così, percorrendo il chilometro scarso che mi separava dal porto con il cuore in gola, col terrore che qualcuno potesse riconoscermi o che gli uomini di Bacicalupo mi scoprissero, arrivai al molo d'imbarco. Mi mischiai a tutta quella misera umanità che portava le proprie speranze dall'altra parte del mondo e, dopo ore di angosciosa attesa, finalmente, salii sul piroscafo *Principessa Mafalda*.

Noi di terza classe eravamo alloggiati nei ponti inferiori suddivisi in ampi stanzoni forniti di servizi igienici, anche se, essendo mille e duecento persone, dopo due giorni i servizi non erano più degni di quel nome poiché di igienico era rimasto davvero poco. Non lontano dai nostri vi erano anche gli alloggi dei trecento membri dell'equipaggio, oltre alla stiva, i magazzini, i locali tecnici e la sala macchine.

C'erano emigranti da tutt'Italia, si sentiva ogni genere di dialetto molti dei quali erano per me alla stregua dell'inglese o del tedesco: non capivo nemmeno una parola. Quanto più le parlate erano difficili da comprendere tanto più parlavamo fra noi a gesti o con gli sguardi che dicevano molto di più di quanto le parole non avrebbero mai potuto.

Una volta arrivati in Argentina il linguaggio si sarebbe trasformato ulteriormente diventando quel gergo orribile che anch'io ho parlato e che mischiava allo spagnolo non solo l'italiano o il francese ma anche tutti quei dialetti che gli emigranti portavano con loro e che consideravano un vanto nazionale, un legame imprescindibile con la terra che li aveva visti nascere.

Ognuno di loro era convinto che quello che parlava fosse italiano. Del resto, che cosa si poteva pretendere da della povera gente che, fino al viaggio verso Genova, non aveva sentito che la propria parlata e non aveva visto che il proprio villaggio, i campi, le risaie, le fabbriche e poco altro?

Li ascoltavo e pensavo alle ore che, avevo passato a leggere Manzoni o Leopardi depositari di una lingua inutile e inarrivabile per quelle genti, li ascoltavo e ringraziavo d'aver un'infarinatura di latino e di francese che, più di ogni altra cosa mi aiutavano ora a decifrare le parole che uscivano da quelle bocche.

Miserabile e disperata come tutti loro.

Eppur diversa.

Le poche cose che avevo imparato dagli insegnanti che si erano occupati della mia educazione, dell'educazione di una signorina dabbene, mi rendevano dissimile da coloro cui somigliavo invece per tutto il resto. E per non farmi scoprire, sulla nave e spesso anche dopo, non parlai mai italiano. Dalle mie labbra usciva solo il genovese strettissimo che avevo imparato dalle serve, quando ancora ne avevamo, lo stesso linguaggio cantilenato che la faceva da padrone nei *caruggi* e nelle *creuze* più popolari.

Dovevo stare attenta a tutto, anche al mio modo di parlare, non potevo destare sospetti, essere scoperta avrebbe per me significato la fine e, quello che poi accadde sulla nave, mi diede ragione.

Ma te lo racconterò domani, figlia mia, adesso i dolori sono troppo forti, la mano mi trema e non riesco più a scrivere.

Domani figlia mia, domani.

II

Cara figlia,

se ieri sera la nostra serva mulatta Agacia non mi avesse aiutato a tornare a letto avrei dormito sul pavimento. I dolori non mi danno tregua.

Agacia è una serva buona.

Suo figlio José è di Mario.

Non m'importa, non mi è mai importato a dire il vero. Agacia è stata preziosa e mi ha liberato dalle molte voglie di Mario occupandosene spesso al posto mio. Non sai quanto le sia riconoscente per questo. Quando sono arrivata in questa casa lei lavorava già per mio marito, Mario Maggiolo.

Agacia lavora qui da quando aveva quindici anni e quando arrivai io era già la sua amante.

José è nato che lei ne aveva appena diciassette.

All'inizio mi ha odiato. Non ho dubbi su questo.

Poi deve aver capito che, pur essendo io la padrona, la mia presenza non metteva certo a rischio la sua. Tutt'altro. Mario in tutti questi anni l'ha usata e lei come un cane fedele è sempre tornata a leccargli la mano anche quando lui la scacciava in malo modo.

Penso che lo ami davvero, per quanto sia incredibile.

Scusami, forse queste cose non t'interessano, amore mio.

Vuoi sapere come sono arrivata fino alla fine del mondo e te lo racconterò.

Una volta salita sul *Principessa Mafalda* mi cercai un rifugio in uno degli angoli più nascosti degli alloggi di terza classe. Non avevo molto bagaglio a parte una borsa con due vestiti, della biancheria di ricambio e un paio di scarpe. I soldi che mi aveva dato donna Adele li avevo cuciti nel reggipetto ma non era molto e, se fossi riuscita ad arrivare in Argentina, avrei dovuto trovarmi in fretta un lavoro.

Sempre che una donna sola allora potesse trovarsi un lavoro onesto.

In quel momento non ci pensavo.

La mia unica preoccupazione era di scivolare sull'oceano non vista, invisibile ai miei compagni di viaggio quasi fossi immateriale. Non fu facile. Sebbene io cercassi di non attirare l'attenzione, per la maggior parte degli uomini a bordo una donna che viaggiava da sola era più una tentazione che un mistero. Non eravamo in molte in quella condizione ma una decina di donne come me, in cerca di una nuova vita, c'erano.

Ci eravamo riconosciute subito per quello che ci accomunava: la disperazione dell'essere sole, la paura di un futuro persino peggiore di quel presente che stavamo abbandonando, il corpo rannicchiato nel tentativo di farlo sparire alla vista degli altri. Soprattutto ci eravamo riconosciute fra noi per il coraggio.

Certo, c'era coraggio in tutti quegli emigranti, nelle famiglie che si stringevano ai bambini, nei giovani in cerca di fortuna e lavoro, in tutti coloro che viaggiavano per raggiungere i parenti che ce l'avevano fatta, ma c'era un coraggio eccezionale in quelle poche donne sole che non sfidavano semplicemente il mare ma la società intera, donne che sopportavano le privazioni e il dolore ma non volevano più sopportare i pregiudizi imperanti.

Negli alloggi c'eravamo sistemate le une vicino alle altre, come sorelle, come se in quella piccola squadra femminile potessimo trovare forza e conforto. Probabilmente era davvero così. Ci sentivamo sorelle perché lo eravamo. Combattenti vittoriose solo le une unite alle altre. Eppure, ognuna teneva per sé i propri dolori, i propri sogni e, soprattutto, gli incubi. Meno sapevamo l'una dell'altra meno avremmo potuto raccontarne in seguito.

L'acqua salata delle lacrime e del mare cancellava le nostre vite precedenti lasciandoci fra le mani un quaderno bianco, immacolato, pulito, nuovo, tutto da riscrivere. Era come rinascere e nessuna voleva ripensare a un passato che su quel piroscafo sembrava non esistere già più.

Fui molto attenta, molto prudente fin dall'imbarco. E fu la mia salvezza. Non potevo fidarmi di nessuno se volevo riuscire nella mia impresa.

Andavo sempre per ultima a ritirare quel che restava del magro pasto che ci concedevano e poi mi ritiravo nel mio giaciglio evitando di uscire all'aria aperta sui ponti a godermi la vista del mare. Cercavo rifugio nella penombra, per non essere riconosciuta, per mimetizzarmi adattandomi a respirare l'aria appestata dal puzzo dei molti corpi ammassati in spazi ristretti.

L'odore di sudore e di vomito di quei contadini che non avevano mai visto il mare e i cui stomaci non ne tolleravano il beccheggio era la cosa più difficile da sopportare. Per fortuna di giorno uscivano quasi tutti sui ponti e l'aria diventava più respirabile.

La terza notte, sebbene il dormitorio venisse tenuto sotto controllo, non ne potei più. Riuscii a sgattaiolare fuori a respirare l'aria pulita della notte e a osservare il piroscafo scivolare sulle acque nere dell'oceano.

«Trovatela! Non è uno stramaledetto treno questo ma un piroscafo! Non può essere scesa a una stazione qualsiasi» furono queste le parole che mi colpirono come una delle frustate che ben conoscevo.

Ero seminascosta da una scialuppa in uno dei ponti superiori e la sua voce inconfondibile mi trapassò le orecchie e l'anima. Era lì a pochi metri da me con due dei suoi uomini e mi stava cercando.

Goffredo Bacicalupo, il mio primo marito, era sulla nave. I suoi informatori avevano fatto un buon lavoro. Non mi avevano ancora trovata solo perché in terza classe eravamo mille e duecento e loro mi cercavano evitando di dare troppo nell'occhio, nel tentativo di non creare scandali e scompiglio.

Lo sapevo bene io: i panni sporchi Bacicalupo li lavava in casa.

Mi feci la pipì addosso quando sentii la sua voce. Non me ne vergognai allora e non me ne vergogno nemmeno adesso a scrivertelo. Potevo facilmente immaginare quello che mi avrebbe fatto se mi avesse trovata e riportata a casa sua.

Ancora adesso tremo al solo pensiero di lui.

Con ogni probabilità, Goffredo era alloggiato in una delle cabine per i 180 passeggeri di prima classe e avrebbe certo evitato la terza classe sempre che non si fosse resa davvero necessaria la sua presenza. I suoi scagnozzi mi conoscevano, li avevo visti molte volte a casa nostra, mi avrebbero riconosciuta senza problemi. Ci avrebbero pensato loro a battere i bassifondi di quella città galleggiante mentre lui sarebbe rimasto in attesa sui ponti superiori, calmo e defilato proprio come un ragno che attende la preda.

Goffredo si sarebbe intrattenuto nel salone delle feste chiacchierando amabilmente con gli altri ospiti, o nel *fumoir* a fumare quei suoi sigari disgustosi o, ancora meglio, si sarebbe divertito nella sala da gioco a perdere allegramente il denaro guadagnato sulle speranze degli emigranti con i quali, dal suo punto di vista, faceva ottimi affari.

Che facesse quel che voleva, l'unica cosa che contava per me era che i suoi non mi trovassero.

Trascorsi tre giorni a cambiare continuamente nascondiglio, a dormire nelle scialuppe pur di non farmi sorprendere nel letto. Non mi presentai alla distribuzione del cibo con la certezza che avrebbero controllato ogni volta a una a una le donne che si mettevano in fila per ritirarlo.

Del cibo potevo fare a meno per un po' ma l'acqua mi era indispensabile e fu così che conobbi il *maître pâtissier* di bordo. Mi aveva scoperta mentre rubavo alcune bottiglie d'acqua destinate alla prima classe. Era un francese dall'aspetto taurino che non avrebbe avuto pietà nemmeno per sua madre.

Mi lasciò l'acqua e mi procurò cibo.

Cibo di prima classe.

In cambio mi usò per soddisfare ben altri appetiti. Lo lasciai fare.

Neanche di questo mi vergogno.

Mancavano ancora undici, forse dodici giorni di navigazione. Dovevo sopravvivere, scappare da mio marito e mantenere la promessa fatta a donna Adele: vivere e amare oltre misura.

Le voglie del pasticcere erano solo un danno collaterale, un'umiliazione sopportabile, niente in confronto a quello che avevo passato con Goffredo.

Fu così che cominciai ad andare da lui la sera tardi dopo che aveva finito il suo turno. Aveva a disposizione una piccola cabina sul ponte dove erano sistemati gli alloggi del personale di bordo non troppo lontano dalle cucine. Non era molto grande ma, vista la sua posizione, non doveva dividerla con nessun altro. Se si escludono le ore che passava con me.

Lasciavo che si servisse delle mie carni per le sue voglie e poi, quando si addormentava ne approfittavo anche io. Dormivo qualche ora nella sua cabina poi mangiavo i resti che mi aveva portato e bevevo l'acqua pura della prima classe. Acqua che sembrava non bastarmi mai. Poi, prima che facesse luce, me ne andavo senza far rumore, senza svegliarlo. Cercavo di farmi invisibile anche se, a volte, qualcuno del personale di bordo l'ho incontrato in quei corridoi. Ma pur se mi avevano vista mi avevano ignorata. Conoscevano bene il pasticcere e nessuno si stupiva che una donna di terza lo andasse a trovare per qualche ora la notte.

Fu all'alba del decimo giorno che, tornando verso la terza classe dopo aver soddisfatto la foia del pasticcere e rifocillato il mio povero stomaco, inciampai nella mia salvezza.

Quasi tutto il piroscafo dormiva a quell'ora. Era il momento migliore per me per cercarmi un nuovo nascondiglio, non passavo mai più di qualche ora nello stesso posto, nemmeno la notte. Il ponte inferiore dove mi trovavo era immerso nella semi oscurità e potevo muovermi come un fantasma. Per fortuna però non lo ero e non avevo ancora intenzione di diventarlo.

E poi se fossi stata fatta d'aria non avrei inciampato in Dora Ferrando.

Era a terra nell'ombra e non l'avevo vista. Le caddi praticamente addosso. Mi scusai ma non mi rispose. Mi scusai di nuovo a voce appena più alta, nulla. La toccai. Era fredda. Doveva essere lì già da qualche ora. Forse dalla sera precedente. Dora era una delle donne che, come me, viaggiavano sole. Nessuno doveva averla cercata, probabilmente nessuno la conosceva e nessuno aveva ancora trovato il suo corpo.

Mi guardai attorno.

Buio, silenzio, nient'altro.

Le frugai addosso. Guardai sotto gli abiti, nei mutandoni, negli orli del vestito. Ero sicura portasse cuciti addosso i suoi averi e i documenti.

Non le servivano più ormai.

Non ci volle molto a trovare quello che cercavo.

Aveva qualche soldo, probabilmente i risparmi di una vita, delle lettere e un anellino d'oro con un piccolo smeraldo all'anulare destro.

Presi tutto.

E sostituii i miei documenti con i suoi.

Mi somigliava.

Avevamo solo due anni di differenza a credere alle carte. Aveva i capelli e gli occhi scuri come i miei. Era genovese per fortuna, non avrei destato sospetti con il mio accento. Era genovese come me e stava andando in Argentina a sposarsi.

Non ero più Maria Elena.

Adesso ero Dora.

Mi nascosi dall'altra parte della nave, lontano dal cadavere e cominciai a leggere le lettere che portava addosso. Erano del suo futuro marito.

Dora era una delle tante spose per corrispondenza. Un'avventuriera o una donna disperata che aveva accettato di recarsi fino alla fine del mondo per sposare un estraneo.

Si erano scritti almeno un anno da quanto pareva. E si erano scambiati una foto. Quella del futuro sposo era un po' rovinata. Non doveva essere un brutto uomo, anche se aveva almeno una decina d'anni più di lei.

Mi chiesi da che cosa o da chi Dora stesse scappando.

Un innamorato che non la voleva? La povertà? Qualche debito impossibile da pagare? Qualche scandalo del passato?

Era bella, dunque, non se ne andava a causa di una qualche sua caratteristica fisica che le avrebbe certamente rovinato la vita a Genova ma forse, speravano in molte, non nel nuovo mondo.

Il continente americano era un posto dove gli uomini, i coloni, gli avventurieri volevano una moglie del loro paese, la compravano per corrispondenza accettando anche donne che magari in Italia non avrebbero mai nemmeno preso in considerazione. Volevano una moglie che avesse le loro stesse tradizioni, una timorata di Dio che parlasse la loro stessa lingua. E la volevano a tal punto da essere disposti a sposare una perfetta sconosciuta.

Nelle lettere si faceva cenno alla verginità di Dora. Era intatta, pura. Non lo si poteva certo dire di me dopo che Bacigalupo mi aveva stuprato in ogni possibile variazione.

Gettai nell'oceano quel pensiero.

Ero diventata Dora.

Ma non avrei sposato il suo promesso. Non ne avevo nessuna intenzione. Perciò che fossi vergine o no a lui certo non avrebbe dovuto importare. Sarei scesa dalla nave passeggeri come Dora ma poi mi sarei scelta una vita diversa da quella che avrebbe fatto lei.

Ne avevo abbastanza degli uomini.

Da mio padre a Bacigalupo fino al pasticcere francese non avevo conosciuto in loro che puro egoismo o malvagità. Non sarebbero mai stati compagni né padri amorevoli tantomeno mariti affettuosi.

Si ritenevano padroni, loro.

E io non volevo più essere schiava.

Mai più.

Eppure, lo fui di nuovo.

Ma lo fui scegliendolo da sola e lo scelsi per amore.

Arriverò a raccontarti anche di questo.

Non subito però amore mio, il suo ricordo potrebbe sopraffarmi. Te lo racconterò alla fine, prima di lasciarmi andare e, finalmente, morire in pace.

Mi auguro allora saprai quanto ti ho amata.

Anche se non ti ho potuto allevare io stessa come avrei voluto.

Anche se nessuna delle mie carezze, nessuno dei miei baci ha mai potuto raggiungerti.

Quella notte sul piroscafo *Principessa Mafalda* mi liberai di Maria Elena e divenni un'altra. Non sapevo ancora chi sarei stata, cosa avrei fatto, quale sarebbe stata la mia vita ma decisi che avrei imparato a vivere. Ad amare.

Non mi chiesi perché Dora fosse morta. Forse l'avevano uccisa, forse si era sentita male, non lo sapevo e non m'importava. Era morta. Il destino aveva scelto per lei una strada diversa da quella che si era immaginata. Non sarebbe mai arrivata in Argentina. La sua nuova vita piena di speranze e sogni e chissà quali aspettative sarebbe cominciata nell'aldilà, la mia al di là dell'oceano.

III

Trovarono il corpo di Dora, o meglio quello di Maria Elena, che erano quasi le otto di mattina. Non ci volle molto prima che si spargesse la voce: una certa Maria Elena de' Mari non sarebbe mai riuscita ad arrivare dall'altra parte del mondo. Il suo viaggio, così come il suo cuore, si era fermato nel bel mezzo dell'oceano.

Il commissario di bordo aveva dato l'annuncio.

Secondo il parere dell'ufficiale medico, la donna era morta a causa di un cuore troppo debole che aveva ceduto mettendo fine ai suoi sogni ma regalandole la morte che ognuno avrebbe desiderato per sé.

Non aveva sofferto.

Questo disse.

Forse non aveva sofferto nel momento in cui il cuore si era fermato ma chissà quanto, invece, aveva sofferto prima di prendere la decisione di attraversare il mare da sola per andare a mettersi nelle mani di un uomo che non aveva mai visto.

Era chiaro quanto il commissario di bordo cercasse di tenere calmi gli animi di quella marea umana stravolta, accaldata e impaurita che affollava gli spazi sporchi e ristretti dell'ultima classe.

Eravamo gli ultimi e viaggiavamo puntando sul tavolo da gioco la nostra vita. In pochi avrebbero vinto quella scommessa.

Osservavo e riflettevo su queste cose, o forse no, le osservavo soltanto nascondendole in un angolo dell'anima e ci rifletto ora dopo molti anni perché, in quel momento, l'unica cosa che m'importasse davvero era non farmi scoprire da mio marito.

Quando il nome della morta di terza classe arrivò alle orecchie di Bacicalupo in prima, qualcuno disse che forse quella povera anima aveva trovato un benefattore e le sue spoglie sarebbero state trattate con il rispetto dovuto. Non avevano idea di quanto si stessero sbagliando.

Bacicalupo volle vederla.

E seppe che non ero io.

«Non è chi pensavo. Forse si tratta di un caso di omonimia. È una disgraziata qualunque, buttatela pure in pasto ai pesci» fu il suo commento.

Così almeno riferì il prete.

Organizzarono dunque il funerale del mare.

Non le avevano trovato addosso denaro, nessuno la conosceva, viaggiava da sola e non aveva nulla. L'avvolsero in un vecchio lenzuolo usurato legandoglielo attorno con alcune sartie ormai inservibili e la buttarono nell'oceano.

Centinaia di occhi seguirono quel tuffo, centinaia di anime perse pensarono che quella avrebbe potuto anche essere la loro fine. Lo pensai anch'io. Ma pensai anche che quella sepoltura fosse la più bella e la più giusta che potesse esistere. Quel corpo tornava all'acqua come dall'acqua era venuto.

Lo pensai, davvero.

Maria Elena era morta, Dora viveva.

E Dora adesso ero io.

Fu in quel momento, nel momento esatto in cui quel corpo toccò l'acqua salata affondandovi dolcemente che capii quanto volessi vivere.

E volevo una vita nuova.

Cambiare nome, identità, era un buon inizio.

Non ho avuto la vita che sognavo, ma guardandomi indietro adesso che sto morendo, so che non ne avrei voluta nessun'altra.

Il poco tempo che mi è stato dato accanto a tuo padre, la tua nascita e quella di Diego sono le uniche cose che per me siano mai contate. Per quegli attimi è valsa la pena sopportare tutto il resto.

Fra le braccia di tuo padre ho ballato il tango perfetto, ho volteggiato sulle ali dei sogni afferrando un attimo d'infinito. Quello che c'è stato prima e dopo quel tango non esistono e se esistono sono circondati dal sonno.

Ma tu vuoi sapere come sono arrivata fin qui e io te lo racconterò.

Sono arrivata nel nuovo mondo viaggiando su una nave infernale.

Ne sono certa, se Dante avesse conosciuto ciò che era la terza classe su questi transatlantici della speranza, ne avrebbe descritta una e l'avrebbe messa all'inferno inchiodandovi i peccatori dei più neri peccati.

Eravamo ammassati come bestie, no meno ancora, come merci. In fondo era noto a tutti che il viaggio di ritorno verso l'Europa in quei piroscafi non sarebbe stato per soli passeggeri ma, soprattutto, per mercanzia.

La prima e la seconda classe avrebbero forse riportato nel vecchio mondo persone ma in terza quei tramezzi temporanei montati apposta per costruire i loculi che chiamavano cuccette sarebbero certamente stati rimossi per semplificare il carico delle merci.

Poiché ero fra le donne che viaggiavano sole alloggiavo nella parte posteriore dei compartimenti di terza, nella parte anteriore della nave vi erano gli uomini soli, mentre nella parte centrale erano alloggiate le famiglie e le coppie sposate. In terza non avevamo sale da pranzo o di ricreazione come i magnifici salotti di prima classe e i pasti ci venivano distribuiti nei ristretti spazi comuni di ogni compartimento.

Eravamo già a metà del viaggio e i dormitori stavano diventando invivibili. Soprattutto per l'odore. Respirare era diventato quasi impossibile, l'aria era piena di fumo e dei vapori delle macchine ma fosse stato solo per quello non sarebbe stata così disgustosa. Era l'afrore dei corpi di quella misera umanità che era diventato insopportabile.

Ho passato quasi tutti gli ultimi giorni di viaggio nascosta in una scialuppa di salvataggio, dormendo all'aperto, subendo le voglie del pasticcere francese pur di non dover tornare di sotto, con i dannati di quell'inferno e i topi.

Eppure, al passaggio della Linea, così chiamavano l'Equatore, hanno avuto la forza di fare festa. Si sono persino travestiti, hanno ballato, cantato, si sono battezzati con l'acqua di mare perché adesso erano, finalmente, dall'altra parte del mondo. Un mondo rovesciato, da festeggiare come il carnevale.

Una festa iniziatica dalla quale ripartire. Senza più i musi lunghi, esorcizzando la paura dell'ignoto e rinnovando la speranza di una vita migliore. Ecco che cosa significava la *festa della Linea*. Ecco perché il capitano e gli ufficiali di bordo approvavano tutta quella baldoria e lasciavano fare.

Poi, qualche giorno dopo ci fu una tempesta e allora venne il silenzio.

Il pianto.

Le preghiere.

In terza classe sembrava che un mostro marino fosse venuto a strappare le corde vocali agli emigranti. Non vi era più quel continuo cicaleccio dei giorni precedenti, no, ora solo i lamenti e il pianto s'infilavano tra il gridare del vento e lo scroscio di quella pioggia che sembrava non aver fine.

L'Atlantico s'ingrossava e i pensieri tornavano al corpo della donna seppellita nel mare. Forse avremmo fatto anche noi la stessa fine e ci avrebbero seppelliti in quell'oceano. Seppelliti da vivi. L'unica cosa che potevamo fare era restare seduti sul pavimento per evitare di cadere. E pregare.

Pregai anch'io.

Se Dio fosse esistito davvero, non avrebbe potuto non sentirci.

Eravamo molti e disperati e i nostri lamenti arrivarono fino al cielo perché dopo tre giorni infiniti il mare si calmò.

Tornammo a veder le stelle.

Luci stellari, luci lontane, luci di una speranza che aveva ricominciato a brillare. Anche per quelli di terza classe.

Il penultimo giorno di viaggio ci salutò con un'alba cristallina.

La vidi fra i primi poiché ero tornata nella mia scialuppa. Durante quella terribile tempesta gli uomini di Bacicalupo avevano provato a cercarmi ma le loro ricerche, per mia fortuna, avevano dovuto fermarsi nel secchio che usavano per vomitar l'anima. Ora che il mare era tornato calmo, avrebbero certamente ripreso. Non potevo rischiare.

L'eccitazione dell'ormai prossimo arrivo era divenuta palpabile a bordo e divenne euforia quando incrociammo un altro piroscafo diretto in

Europa. Ci salutavano dal ponte della nave. Loro, quelli che viaggiavano per piacere o i pochi che ce l'avevano fatta e che tornavano in Italia a trovare i parenti. Li salutammo anche noi, con gioia e con dispetto e, soprattutto, con invidia. Eppur pensammo che se le figurine che si agitavano sul ponte di quella nave avevano vinto la loro scommessa, forse, ce l'avremmo fatta anche noi.

Quello che stavamo incrociando non era solo un piroscafo ma una barca carica di sogni realizzati. E la bandiera tricolore issata sul suo albero maestro non rappresentava più la nostalgia di chi partiva ma l'orgoglio di chi stava tornando vincitore. Per noi la musica delle onde che ci accompagnava era struggente come quella del coro degli ebrei del Nabucco, per loro invece l'oceano cantava la marcia trionfale dell'Aida.

Poi, finalmente, avvistammo terra.

Una minuscola striscia scura alla fine della vastità dell'oceano.

Era quella la nostra terra promessa.

IV

Una notte ancora e poi il nuovo mondo.

Di quel momento ricordo l'eccitazione, la paura, la speranza, il terrore. E li ricordo tutti assieme come li ho provati allora. Pensavo mi esplodesse il cuore mentre mi nascondevo in una delle scialuppe non lontane da uno dei saloni di prima classe per quella che sarebbe stata per me l'ultima notte sul piroscafo.

Mi ero coperta con un telo cerato e cercavo di non fare il minimo rumore. Avevo lasciato il viso scoperto per respirare meglio e per guardare il cielo.

Il cielo qui è diverso da quello di Genova.

Se mai verrai in questa terra lo vedrai tu stessa.

È difficile restare indifferenti, difficile non innamorarsene.

Vi era un oceano di stelle quella notte. Un benvenuto di luci celesti che mi aiutarono a far calmare il cuore.

Era tardi e tutti i gran signori di prima classe si erano ritirati per prepararsi all'arrivo. Una notte ancora aveva detto il capitano, e all'alba saremmo arrivati alla fine del mondo.

I camerieri e i baristi avevano finito di rimettere in ordine e si erano ritirati. Era tardi, molto tardi e non si sentiva più alcun rumore che non fosse lo sciabordio delle onde. Era un silenzio quasi irreale, magico, un silenzio nuovo che fino a quel momento non era esistito. Un rumore di passi mi fece trasalire. Mi tirai il telo cerato fin sul capo sperando di essere scomparsa.

Poi qualcuno toccò il piano.

Suonò qualcosa d'inaspettato, di nuovo, di struggente e bellissimo; era una musica che aveva il sapore della nostalgia e degli incantesimi delle fate, una musica che non conoscevo ancora ma che mi avrebbe riempito il cuore e l'anima per tutti gli anni che mi restavano da vivere.

Il pianista di bordo suonava da solo, suonava per se stesso e suonava tango.

Forse era quello il suo modo di ringraziare il mare che di nuovo, e chissà quante altre volte lo aveva già fatto, lo stava riportando in Argentina. Forse suonava per un amore perduto o forse, semplicemente, suonava per il piacere di farlo. Il piacere di suonare la propria musica senza dover compiacere nessuno, senza dover scegliere il pezzo da eseguire secondo il gusto di qualcun altro. Suonare unicamente per la gioia di farlo.

Suonò almeno un'ora in quella sala da ballo deserta, suonò la musica proibita, sensuale, toccante e impudente che, ancora non lo sapevo, avrei imparato a danzare fra le braccia di tuo padre. La mia anima danzò per la prima volta quella sera. Il pianista non sapeva di suonare anche per me quella notte, non lo sapeva eppure lo fece e io piansi.

Piansi lacrime di commozione per quello che aveva fatto donna Adele per me, di gioia per essere arrivata fin lì, di dolore per quello che avevo passato, piansi lasciando posto dentro di me alla speranza. Ogni lacrima mi diceva di essere forte, di continuare a lottare, ogni goccia salata che mi rigò le guance fece spazio a nuovi sogni. Quel pianista senza volto e la sua musica avevano sciolto il ghiaccio nel mio petto e all'alba, quando finalmente arrivammo, ero più determinata e forte di sempre.

Scesi in terza classe e mi mischiai agli emigranti. Ero sicura che Bacicalupo e i suoi uomini si sarebbero messi a controllare ogni donna che scendesse dalla passerella della nave e, infatti, li scorsi, intenti a controllare le possibili uscite.

Accanto a me una famiglia con quattro figli piccoli, due valige tenute assieme con lo spago e qualche altro fagotto da trasportare. Avevano bisogno d'aiuto, e anch'io. Guardai la madre negli occhi, occhi neri e profondi, occhi intelligenti che videro il terrore di essere scoperta da qualcuno da cui non volevo farmi trovare; aveva occhi buoni che si fidarono dei miei.

«Aiutami» le dissi, «se mi trova sono morta.»

Mi sorrise e mi mise la mano sulla bocca per farmi tacere.

Con naturalezza la donna mi diede il suo fazzoletto da contadina che allacciai sotto il mento a nascondere il viso.

Annuì.

Aveva un piano; era il piano di una sorella che aveva deciso di darmi man forte. Sono certa che anche lei, come me, sapeva benissimo quanto potessero essere pericolosi gli uomini.

A un suo cenno presi in braccio il suo figlio più piccolo, la mia borsa e uno dei suoi fagotti. Scesi attorniata dagli altri suoi figli mentre lei e il marito mi seguivano portando tutti i loro bagagli. Gli uomini di Bacicalupo non mi notarono, cercavano una donna sola non una madre con un neonato al seno e tre marmocchi al seguito.

Passammo i controlli e ci ritrovammo sulla banchina insieme a un mare di gente, ciascuno in cerca di qualcuno o di qualcosa.

«Grazie» le dissi rimettendole in braccio il neonato.

Sorrise.

Stavo per slacciarmi il fazzoletto per restituirglielo ma mi fermò con il solo sguardo.

«*Ten-le te. At serv pì tant a te che a mè*». Tienilo. Serve più a te che a me, disse in piemontese.

Mi accarezzò una guancia e seguì il marito verso il suo nuovo destino.

Non la dimenticherò mai. Donna Adele, Dora e ora questa sconosciuta. Le donne che mi avevano spinto e aiutato in questo mio viaggio. Senza di loro non ce l'avrei mai fatta.

Chiederò ad Agacia di mettermi nella bara il suo fazzoletto da contadina. Lo conservo ancora gelosamente fra le mie cose più care.

Sono stanca adesso amore mio. Mi trema la mano, le lettere si confondono davanti ai miei occhi. Non riesco che a scriverti qualche pagina alla volta. Riposerò un poco e poi ti racconterò come, proprio su quella banchina, incontrai il mio destino.

V

Il porto brulicava di persone, merci, animali e di molte lingue mischiate all'odore di tutta quell'umanità arrivata fino alla fine del mondo con in tasca solo sogni e nuove speranze. Anch'io speravo. Ma poco dopo aver lasciato la famiglia piemontese mi accorsi che uno degli uomini di Bacicalupo mi aveva individuata.

Cercava di farsi largo tra la gente per raggiungermi e aveva dato voce a mio marito il quale, provando ad avvicinarsi anche lui, mi aveva lanciato un'occhiata come non gli avevo mai visto. Pensai che se mi avesse presa mi avrebbe uccisa lì, davanti a tutti.

Ebbi un istante di terrore che mi paralizzò il cervello e le gambe. Ma il cuore no. Quello batteva all'impazzata, batteva nel petto con la forza di tutte le donne che mi avevano aiutata ad arrivare fino in Argentina, batteva di un coraggio che non sapevo d'avere, di desideri e sogni, di vita.

Ero arrivata dall'altra parte del mondo per farmi ammazzare da lui?

Piuttosto mi sarei tolta la vita da sola.

Il cuore fece muovere le gambe e la mente. Cominciai a correre, a saltare i bagagli degli emigranti, a evitare facchini e bauli, mi sembrò di volare, avevo viaggiato leggera io, tutto ciò che possedevo l'avevo addosso e non avevo nulla da trascinarmi dietro, nemmeno il nome.

Non volevo più nulla della mia vecchia vita.
Poi lo vidi.

Se ne stava lì a sorridere e a scrutare i volti di chi scendeva dalla nave con quel pezzo di cartone fra le mani. Era davanti al gruppo di quelli che aspettavano le persone o le merci appena arrivate dal vecchio mondo, qualcuno con cartelli simili, altri con segni di riconoscimento forse concordati con i viaggiatori in arrivo.

Aveva un completo chiaro e un cappello bianco a tesa larga che gli proteggeva gli occhi dai raggi del sole e che lo rendeva diverso da quella moltitudine grigia e poco pulita.

Avrebbe anche potuto essere il diavolo in persona, tentatore e malandrino, così diverso dagli altri a causa della sua natura, un angelo caduto che nascondeva dietro al candore degli abiti un'anima nera. Questo pensiero mi attraversò la mente per un istante lungo quanto il battito d'ali di una farfalla poiché, se anche la sua anima fosse stata nera, non avrebbe di sicuro potuto essere peggiore di quella di Bacicalupo.

Quell'uomo aveva fra le mani un pezzo di cartone con scritto il nome di Dora Ferrando e questo mi fu sufficiente. Corsi verso di lui senza esitare.

«Buongiorno, sono Dora Ferrando» dissi d'un fiato.

«Benvenuta a Buenos Aires. Io sono Massimo Maggiolo, per servirla» rispose con un sorriso che ricordo ancora.

Scambiammo qualche cordialità dirigendoci verso il calessino affidato a un uomo enorme dalla pelle color della terra bruciata in attesa non molto lontano. Non trovavo più Bacicalupo e mi convinsi mi avesse perso di vista fino a quando, proprio mentre stavo per salire sul calessino, arrivò con due dei suoi uomini.

«Maria Elena!» urlò strattonandomi per un braccio.

«Deve esserci un errore. Lasci subito la signorina» intervenne Maggiolo.

«Signorina? Questa donna è mia moglie e faccio come mi pare!»

«Mi scusi, ma non la conosco. Io mi chiamo Dora» osai.

Bacicalupo alzò la mano per schiaffeggiarmi.

Maggiolo gli afferrò il braccio.

«Le ho detto che c'è un errore. Questa donna non è sua moglie e si chiama Dora. Se ne vada.»

«Ma chi ti credi di essere? Tu non sai contro chi ti stai mettendo. Io sono uno degli uomini più influenti di Genova!»

«Qui però siamo a Buenos Aires» rispose Maggiolo senza scomporsi.

«Cosa credi? Che non abbia conoscenze importanti anche qui? Lei è mia moglie e adesso viene con me. Tu e il tuo negro non mi fate nessuna paura» urlò Bacicalupo con la sua consueta arroganza.

«Maggiò, ci sono problemi?» chiese una voce da dietro il calesse.

Proveniva da quello che sembrava il capo di un gruppetto di uomini, forse facchini o altro, uomini che certamente lavoravano al porto. Avevano notato ciò che stava accadendo e si erano subito messi a disposizione di Maggiolo che, senza dubbio, conoscevano bene.

«Nessun problema, Giovanni. Questo signore si è sbagliato. Lui e i suoi amici se ne stavano giusto andando.»

Per la prima volta vidi sul volto di Bacicalupo la rabbia della sconfitta. Erano in troppi, non avrebbe avuto nessuna possibilità e lo sapeva.

Fu costretto a ritirarsi.

«Non finisce qui» disse prima di girare sui tacchi e andarsene con i suoi scagnozzi.

Ero certa che non sarebbe finita lì ma, se avessi giocato bene le mie carte, forse avrei almeno avuto una possibilità di sfuggirgli.

Fu così che lo conobbi.

Massimo Maggiolo mi aveva salvata e, da quel giorno, avrebbe continuato a farlo in tutti i modi in cui una persona può essere salvata.

Ricordo ancora come mi porse il braccio per aiutarmi a salire. Mi stavo affidando a un perfetto sconosciuto; una di quelle cose che non si dovrebbero mai fare, figlia mia.

Eppure, lo rifarei mille volte ancora. E ancora mille.

Non ho molto tempo ma devo, voglio raccontarti tutto, amore mio.

Sono molto stanca e la penna mi scivola fra le mani. Per fortuna Agacia mi ha portato il *mate*. È un infuso che ho cominciato a bere qui. Mi piace molto e mi aiuta a raccogliere i pensieri, a sentire meno il dolore. Lo so è solo una mia impressione, ma quest'infuso caldo che mi scende nello stomaco mi dà sollievo, mi riscalda come un abbraccio.

L'abbraccio di Massimo.

È lui che me lo ha fatto provare la prima volta, il mate. È il suo abbraccio che sento sulla pelle ogni volta che lo bevo. Credo sia per questo che ne sono così avida. Non lo so. In ogni caso, ora mi dà la forza di continuare ancora un poco.

Continuare a scrivere.

A parlarti.

In quel primo viaggio insieme sul calessino scambiammo solo poche parole, troppo concentrati a respirarci l'un l'altra.

La tenuta dei Maggiolo era poco fuori città e, per tutto il tempo del viaggio, lasciammo gli occhi sul paesaggio: io a guardare quel panorama nuovo e magnifico fatto di piante che non conoscevo e di grandi spazi ben diversi da quelli delle colline liguri, lui a descrivermi di tanto in tanto i luoghi citandone i nomi.

M'imponevo di non guardarlo ma, fin da quel primo momento, mi accorsi che anche se non lo vedevo con gli occhi ne sentivo la forza, l'energia, l'eccitazione che era la stessa che mi possedeva.

Mi sfiorò la mano e io sentii il suo tocco nel ventre.

Quando arrivammo alla tenuta mi aiutò a scendere dal calesse e si rabbuiò. Sulla soglia di casa c'era suo fratello.

Era un bell'uomo, ancora nel fiore degli anni, con occhi azzurri come non ne avevo mai visti.

«Benvenuta Dora. La mia casa adesso è anche casa tua. Il matrimonio sarà fra una settimana così avrai il tempo di riposare e ambientarti. Agacia ti mostrerà la tua stanza e poi ceneremo insieme nel patio. Vedrai, l'Argentina ti piacerà. Io sono Mario» disse senza andare troppo per il sottile ma con un sorriso sincero.

A sentire quel nome volsi d'istinto gli occhi verso Massimo.

Fu in quell'attimo che ricordai il nome scritto nelle lettere di Dora: era Mario Maggiolo, non Massimo, l'uomo che avrei dovuto sposare.

VI

Lettera scritta da Massimo Maggiolo e mai spedita

Lunedì, 2 febbraio 1926

La piccola dorme,

Scrivo. Almeno, vorrei farlo, ma non riesco, la punta della penna si ferma come una lancia che non colpisce, come un dardo che non arriva. Rimane fra le mie dita ferma, muta.

Intanto, dentro il sangue scorre forte, ribolle, pulsa in ogni parte del corpo, lo sento bruciare le vene. Scorre caldo e trascina impetuoso i mille pensieri che mi riportano a te. La folla di parole risuona come la cantilena di una preghiera, come devoti in processione. Le sento, tutte in fila, ogni parola è un devoto, ogni parola è supplice, ogni parola una speranza, un desiderio, un urlo, una grazia da chiedere.

Ma non c'è Dio che ascolti, non ci sono lacrime per grazia ricevuta. Non c'è santo che si commuova ai lamenti, non c'è miracolo che avvenga. Perché noi siamo i peccatori, perché noi abbiamo scelto l'inferno; ci siamo infranti sulle rocce del peccato, fra gemiti e abbandono, mischiando i nostri confini con parole, piacere e sguardi.

Tutto rimane lì, fluido nella linfa di passione che mi attraversa; anche le parole sono sciolte nel nero di questo inchiostro e vogliono uscire, sono tutte lì ammassate in una goccia che non cade.

Rimango solo, fermo, con l'anima diluita nella luce fioca di questa lampada che urla ai miei occhi il tuo volto. Ho accartocciato fogli bianchi in attesa di ospitare il mio dolore, anche loro sono tutti fermi in un angolo di questo scrittoio.

Insegnami Dora, ti supplico! Ti supplico come le parole sciolte nel nero inchiostro. Insegnami a sopportare, insegnami a fare a meno, insegnami a non dire, dimmi che, almeno tu, riesci a farlo.

C'è silenzio intorno, anche la notte è inchiostro nero, copre e mi osserva, è in attesa. Il cielo non mi sussurra più. C'è silenzio da troppo ormai e le parole stanno ancora ferme, in attesa dentro ogni singola goccia scura, fluide legate fra loro e io inerme, non riesco a rendere loro giustizia.

Sento la mia anima legata, intrappolata fra le tele di una ragnatela tessuta da ragni beffardi. Subisco il mio destino avendo sempre saputo dal primo istante che resistere era impossibile, come quando ti incontrai la prima volta, eravamo lì da sempre, in attesa l'uno dell'altra.

Eri un punto quel giorno, un guizzo nel fiume di gente che scorreva. Io non lo sapevo ancora ma il mio volto sì, il sorriso è sbocciato spontaneo, come il brivido che non riuscii a contenere, capii che eri tu ancor prima di te.

Sapevo che noi non avremmo mai potuto essere alla luce, solo scegliendo il buio come complice avremmo potuto averci completamente, protetti dal silenzio ci siamo guardati dentro gli occhi l'uno dell'altra. Sapevo il tuo respiro, guardavo quello che il tuo corpo avrebbe scoperto, sapevo dove ci saremmo incontrati e sorrido perché, vestiti di solo buio, sapevamo muoverci alla luce dei nostri sensi.

Abbiamo giocato bendati e immersi dove il vuoto era pienezza dei sensi invertiti e scambiati, abbiamo guardato con le labbra, ascoltato con gli occhi e gustato con le orecchie.

I nostri sospiri erano la luce che ha svelato gli anfratti del piacere, esondando fra le pieghe delle nostre parole. Quante parole Dora, quante. Le abbiamo dette, assaggiate, bevute, trattenute, le ho tenute tutte addosso, mi vesto di loro e mi tengo stretto alle labbra chiuse per non scivolare giù, dentro, fra il nero delle parole non scritte.

VII

A cena mangiai per la prima volta le *empanadas* che sono presto diventate uno dei miei cibi preferiti. Poi mi offrirono una carne squisita. Non che fino ad allora avessi grande esperienza di carne, a Genova non ne ho mai mangiata molta, ma qui ha un sapore diverso.

Mario ha una grande azienda per l'allevamento dei bovini al pascolo, una *estancia* la chiamano, e la carne che produce è ancora oggi fra le migliori che io abbia mai provato.

A cena eravamo solo noi tre, i due fratelli Maggiolo e io.

Quella sera Mario cercò di farsi vedere loquace, si sforzò per farmi piacere perché non è nella sua indole. Lui, in realtà, è uno di poche parole, taciturno e un po' burbero. Ma devo dargliene atto, nei primi tempi cercò di essere più socievole. Almeno con me.

Mi raccontò di quando la sua famiglia era arrivata in Argentina, di come lui e suo fratello, che all'epoca avevano quindici e diciassette anni, si erano rimboccati le maniche. Avevano cominciato lavorando in un grande macello, poi Mario che preferiva la campagna, era diventato un *gaucho*, un mandriano, riuscendo qualche anno più tardi a ottenere, non ho mai saputo bene come, una fattoria che ha ingrandito molto.

Massimo gli è sempre stato accanto ma lui preferisce un'altra vita, più cittadina e meno solitaria. È sempre stato Massimo a vendere la carne a Buenos Aires. E spesso a mandarla all'estero. Grazie ai piroscafi forniti di grandi celle frigorifero la carne arriva ovunque in buone condizioni. Condizioni spesso di gran lunga migliori di quelle in cui gli emigranti arrivano qui.

Erano diventati piuttosto ricchi grazie alle mandrie, i fratelli Maggiolo. Benestanti e di successo. Spregiudicati negli affari ma ancora legati alla tradizione nella vita privata. Soprattutto Mario che aveva voluto una moglie genovese non abituata alla vita in Argentina, una donna coraggiosa tanto da intraprendere un viaggio verso l'ignoto; eppure, una vergine per la quale essere l'unico punto di riferimento nel nuovo mondo.

Una vergine.

Avrei dovuto procurarmi dell'allume per la prima notte di nozze. Sempre che Bacicalupo non mi avesse trovata e uccisa prima.

Quella sera a cena decisi che non avrei solo recitato la parte di Dora, sarei diventata lei. Avrei sposato Mario che mi era sembrato il male minore nella mia situazione. Gli uomini da me avevano sempre preso e preteso, era giunta l'ora di rovesciare quella regola.

Fu Agacia a servirci a tavola.

Era una bella ragazza di poco più giovane di me con enormi occhi scuri che non la finivano di scrutarmi, due pozzi neri d'inquietudine.

Quella sera non sapevo ancora quanto mi avesse odiato nel momento esatto in cui ero arrivata. Aveva il terrore che la cacciassi di casa insieme al figlioletto, temeva che, scoprendo la sua relazione con Mario, la mettessi alla porta. Ed era gelosa. Non tanto dell'uomo quanto del fatto che io stavo per diventare la moglie di un proprietario terriero, onore che a lei non sarebbe mai stato concesso vista la sua condizione sociale. Era una serva, figlia di schiavi e sarebbe vissuta e morta da serva.

Ma è d'animo buono Agacia ed è una donna intelligente. Non le ci volle molto a capire che non l'avrei mai mandata via, che non m'importava della sua relazione con il mio futuro marito, che avrebbe potuto avere da lui due, cinque, dieci figli oltre al piccolo José. Io sarei stata una moglie di facciata, la fattrice di un paio di figli legittimi e la compagna da esibire in pubblico. Nient'altro.

Bastarono sei mesi perché diventassimo amiche. Sei mesi per capire che ci saremmo sostenute l'un l'altra, che la nostra alleanza, o forse dovrei meglio dire sorellanza, ci avrebbe reso più facile la vita.

Nella vita di ogni donna dovrebbe sempre esserci almeno una sorella. Ma non è detto che lo sia per nascita. Deve esserlo per scelta. E allora, in un mondo come il nostro, si moltiplicherà la nostra forza, ci farà sentire meno sole, ci regalerà tenerezza e riusciremo, con il tempo, a insegnare ai nostri figli a essere uomini migliori dei loro padri, uomini che prima o poi impareranno a considerarci loro pari.

Ti auguro una sorella così, amore mio.

Sarà un faro nella notte.

La settimana prima delle nozze trascorse serenamente e Mario volle mostrarmi una parte della proprietà e alcuni dei pascoli. Non ci allontanammo molto dalla casa perché i sentieri in quelle zone non erano fatti per un calesse.

Era orgoglioso di tutto quello che era riuscito a costruire con le sue sole forze. Orgoglioso di mostrarmi la vastità delle sue terre e di riconoscere lo stupore di una bambina nei miei occhi. In uno slancio di generosità mi chiese che cosa desiderassi come regalo di nozze.

«Vorrei imparare ad andare a cavallo come un uomo» osai.

Il *gaucho* che era in lui sorrise.

«E sia.»

Mi avrebbe insegnato.

Lo ringrazio ancora per questa concessione. E lui lo sa. Credo che abbia sempre amato vedermi sellare il cavallo, montarlo e partire al galoppo. Se c'è una cosa che abbiamo condiviso davvero in questa vita è stato l'amore per questi generosi animali che sanno come farti afferrare il vento, come farti respirare il profumo della libertà.

Come vorrei andare a cavallo ora.

Morire al galoppo.

Qualche volta riesco a trascinarmi fino alle stalle e resto lì a coccolare Bella, la mia giumenta.

Sembra sentire il mio male.

Si avvicina e abbassa la testa così che io possa accarezzarla più facilmente. Nei suoi occhi grandi rivedo tutte le corse a perdifiato che abbiamo fatto insieme e piango. Resto nella stalla e piango con il muso di Bella fra le mani.

VIII

In due giorni non sono riuscita a scriverti una sola riga, amore mio.

Ora mi sento un po' meglio e ho ripreso in mano la penna. Devo, voglio finire questa lettera, questo mio memoriale. Che ti racconti almeno un poco chi è la madre che non hai mai conosciuto.

Una madre che ti ha amato e ti ama ancora più di se stessa.

Ero arrivata a dirti dei giorni del mio nuovo matrimonio.

Ricomincerò da lì.

Da quando sono diventata bigama.

Il giorno delle mie nozze con Mario fu un giorno di festa anche per me.

La casa e il giardino sono grandi e quel pomeriggio si erano riempiti di ospiti: molti erano i membri delle famiglie di chi lavorava con o per i Maggiolo, tantissimi gli italiani, alcuni ricchi proprietari terrieri e persino qualche politico locale.

Il mio futuro marito mi aveva fatto trovare un bel vestito color avorio con delle applicazioni di pizzo e un modernissimo scollo a V. Fui stupita e lusingata da quell'abito che lasciava scoperte le caviglie. Vi era poi abbinata una larga fascia per il capo dello stesso pizzo che, lo ammetto, mi rendeva più graziosa di quanto io non mi fossi mai sentita.

Bacicalupo non si era visto. Sapevo non si sarebbe dato per vinto, per lui era una questione di principio, piuttosto che cedere si sarebbe fatto ammazzare, ma l'Argentina era grande e magari sarei riuscita a sfuggirgli davvero. Non volli pensare a lui. Non quel giorno.

Feci il mio ingresso in quella nuova vita al solido braccio di Mario e fui accolta dall'applauso dei nostri ospiti. Mi parve di poter sperare d'essere finalmente serena.

Poi, quando tutti erano impegnati in sorrisi, chiacchere, strette di mano, danze e brindisi, mentre la sera volgeva alla notte e nessuno pareva più far caso a questa sposa italiana che si era ritirata a prender fiato un momento in un angolo del giardino, la mia anima germogliò.

Guardavo gli ospiti nascosta nell'ombra fra i rami profumati quando, su un piccolo lembo di pelle nuda tra la spalla e il collo, sentii un fiato leggero e il tocco sublime di un bacio. Ricordo ancora come inclinai il capo verso quella delizia, gli occhi socchiusi, il respiro a inalare quell'attimo, le labbra a cercarne il sapore.

Fu un istante, un bacio rubato e pur così naturale, desiderato da entrambi. Come se non ci fosse null'altra cosa possibile al mondo. Come se una forza misteriosa avesse attratto le labbra di Massimo nell'incavo del mio animo in attesa nell'ombra.

Nessuno si accorse di noi, troppo impegnati con loro stessi, troppo tesi nell'osservazione del proprio ego. Se solo avessero alzato lo sguardo, ascoltato i muti sospiri! Se solo avessero sentito la fragranza che si stava spargendo nell'aria, toccato la pelle d'albicocca, bevuto la rugiada sulle ciglia socchiuse, si sarebbero resi conto che in quell'esatto momento, in quel giardino disteso sotto il cielo stellato della fine del mondo, due anime si erano riconosciute.

Non l'ho mai raccontato a nessuno è un segreto solo mio, è una perla preziosa che ho nascosto e custodito da allora nel profondo dell'anima. Non credo lo avrei mai raccontato se non fosse stato per te. Ma voglio che tu sappia ogni cosa, voglio che questa mia lettera infinita ti racconti davvero di me. Voglio tu veda il lucore nei miei occhi quando ti parlo di tuo padre.

Rimase così quel bacio, sospeso nell'aria profumata della notte. Entrambi sapevamo che si era aperta una porta che nessuno avrebbe più chiuso.

Non dicemmo nulla. Un sorriso soltanto e poi di nuovo le voci, gli auguri di felicità e figli maschi, le strette di mano, il fruscio degli abiti eleganti e gli ospiti che si accomiatavano dalla nuova coppia di sposi.

Anche Massimo non si sottrasse alla giostra dei saluti prima di andarsene. Mi diede quello che a tutti sembrò un fraterno bacio sulla guancia, abbracciò Mario e uscì dal giardino. Prima di andarsene mi guardò un istante negli occhi e sorrise. Sapevamo entrambi che, pur avendo sposato Mario, non sarei mai stata davvero sua.

E non lo sarei stata perché non si può possedere una persona. Me lo ha insegnato proprio Massimo. Nemmeno i figli sono nostri fin dal momento in cui vengono al mondo. Non lasciarti mai convincere del contrario.

Tu sei tua soltanto, figlia amatissima. Tua.

Nemmeno l'amore più grande può comprarti.

Non è il possesso la chiave, è la scelta.

Scegliersi.

Di nuovo.

Ancora e ancora.

Intrecciare le mani e la pelle, l'anima e la mente per scelta.

Quella notte e molte altre a venire Mario avrebbe avuto il mio corpo ma l'anima era già mischiata con quella di Massimo. E lo sarebbe stata per sempre.

Devo confessarti che recitai bene la mia parte di vergine pudica. Mario ancor oggi continua a credere d'aver sposato una donna illibata.

Avevo preso l'allume che mio marito usava dopo la barba per cicatrizzare eventuali tagli. Mio padre lo commerciava; è un materiale che conosco bene, l'allume. Sapevo perfettamente delle sue qualità astringenti. Poi ho finto dolore alla penetrazione e mi sono punta una coscia con una spilla da balia. Certo, se avessi trovato sangue di piccione che è più scuro sarebbe stato meglio ma gli uomini non ne sanno molto di queste cose e non c'era sua madre a controllare le lenzuola. Bastò che fossero sporche di sangue nel posto giusto per convincerlo.

Mario fu molto premuroso con me la prima notte di nozze. Voleva che il nostro fosse un matrimonio felice e, devo ammetterlo, fece sempre del suo meglio. Nei giorni a venire divenne più passionale ma mai violento.

Era la prima volta che sperimentavo il sesso senza odiare il mio corpo. Mario mi stava insegnando che poteva esistere una specie di complicità fra due corpi che si uniscono. Era un bell'uomo, muscoloso e forte, lo è tutt'ora, e cercava di istruirmi all'erotismo. In fondo, non gli avevo mentito del tutto, ero davvero vergine in quello. Non mi è mai dispiaciuto giacere con lui anche se dopo tuo padre non avrebbe potuto più essere la stessa cosa con nessun altro uomo.

Mario voleva un figlio al più presto e non ci fu notte che non mi prese. Quantomeno fino a quando non rimasi incinta di tuo fratello Diego.

Che strano, sono tua madre eppure non mi vergogno a raccontarti queste cose, questi dettagli così intimi. Sarà perché sto per morire e non mi importa di null'altro se non di svelarti chi sono, la mia vita, le mie esperienze sperando che ti tornino utili, un giorno.

Al contrario delle altre madri, non ho potuto insegnarti nulla e questo è il mio modo per lasciarti qualcosa dei miei pensieri, delle mie convinzioni più profonde.

Ma torniamo sul talamo nuziale.

Mario ha cercato di amarmi davvero e con il tempo abbiamo persino imparato a volerci bene. Certo, quando scoprì di me e Massimo è stato difficile eppure, dopo la vostra partenza, è tornato a essere quello di prima. Almeno nei miei confronti.

Ha dato tutta la colpa a suo fratello, è sempre stato convinto che io abbia solo ceduto alle lusinghe di un uomo ben più navigato ed esperto di me, un uomo al quale aveva chiesto di proteggermi, il fratello in cui aveva da sempre riposto tutta la sua fiducia.

Sì, il tradimento di Massimo è stato il vero tradimento. Imperdonabile, senza rimedio né giustificazione.

In ogni caso, dopo due mesi di matrimonio, sono rimasta incinta.

È strano, quando mi resi conto d'essere in dolce attesa ne fui stupita. Mi ero convinta di non poter aver figli. O forse, semplicemente, non ne volevo da Bacicalupo né dal francese sulla nave e il mio corpo mi era venuto in aiuto chiudendosi alla vita. Mario però era un uomo buono, a casa sua mi sentivo protetta, amata perfino. Fu così che arrivò Diego.

IX

Lettera scritta da Massimo Maggiolo e mai spedita
Genova, una notte

Ciao mio desiderio,

riprendo a scrivere approfittando della notte che mette a tacere ogni cosa. Vivo le giornate aspettando che il buio copra tutto. Aspettando che il sole smetta di urlare. Quello che faccio lo vivo guardandomi da lontano, come lo spettatore di me stesso che non riconosco. Non è facile da spiegare, ma so che nel caso tu fossi qui avresti già capito ancor prima di parlare, come sempre è stato. Il buio che fa paura, con noi è complice; la luna, se ci pensi, è la consolazione dei poeti.

Non l'abbiamo mai nominata nei nostri discorsi, non l'abbiamo mai ammirata la luna, perché al buio ci siamo strappati vesti e pelle per rimanere essenza nuda, nell'ombra di una verità che non ha mai avuto bisogno di spiegazioni. Noi il cuore lo abbiamo preso a morsi, addentato con la brama di chi è affamato di vita, desiderio e complicità.

Siamo stati così pieni di vita da divenire padroni del vuoto, lo abbiamo riempito, saziato, nutrito.

Fin da piccolo non ho mai avuto paura del buio.

Come quasi tutti i bambini, persino mio fratello che è il maggiore, la sera aveva timore, anche se non lo dava a vedere, lo sentivo, ne fiutavo l'odore, come i lupi con le prede.

Ho sempre pensato che il buio fosse un posto in cui la luce non ha il coraggio di guardare, un posto in cui ripararsi, rifugiarsi, riconoscersi, essere.

E io nell'oscurità ho incontrato i tuoi occhi.

Tu eri lì, lontana dal tuo matrimonio che ti aveva portato da me, ti allontanasti dalla folla di anime sorde che versavano sul prato le loro storie vuote, mentre tu, alla luce delle parole degli altri, ti lasciasti vestire dall'ombra dell'albero dove nessuno sapeva guardarti.

Eri accanto al ficus le cui radici solcano le carni della terra. Tu eri lì, di spalle, protetta dalle braccia torte dell'albero, onde di legno. Quell'angolo ti appartenne da subito.

L'albero era già imponente quando comprammo la fazenda, mi ha aiutato a crescere in quella nuova casa, ho imparato a stringermi, a tenermi forte e squarciare la terra per fare largo alle mie nuove radici.

La terra ha liberato quelle stesse radici che ho sentito crescere nel mio petto, fra le costole e il cuore; hanno seguito il sentiero delle mie vene, linfa e sangue che scorrono.

Quante notti ho passato seduto sotto quell'albero da solo, al buio.

Ci trovammo lì perché in nessun altro posto avremmo potuto essere.

Avevi le spalle scoperte e il collo nudo, il caldo di quella sera d'estate ci vestiva senza opprimere. Non dissi nulla e caddi con le labbra dove era il mio posto. Fu naturale per me, e fu un gesto premeditato, voluto, un richiamare l'attenzione; certo avrei potuto scegliere dei modi meno invadenti, ma proprio questa fu la cosa strana, nulla fra noi fu mai forzato, tutto quello che abbiamo vissuto insieme era quello che doveva essere.

X

Diego è morto.

Lo ha ucciso, l'ardore, la giovinezza, la stupidità dei bambini che giocano a fare gli uomini. È morto a vent'anni accoltellato da uno sciocco della sua stessa età e ora l'uno giace sottoterra mangiato dai vermi e l'altro in un carcere a farsi mangiare l'anima e la vita.

Ti sarebbe piaciuto, tuo fratello.

Era buono e pieno di vita e cavalcava come un eroe antico. Forse è morto proprio perché si credeva un eroe, invincibile, protetto dagli dèi.

Aveva un sorriso straordinario. Quando rideva gli s'illuminavano gli occhi e il viso tutto. È così che cerco di ricordarmelo in queste poche ore che mi restano prima di raggiungerlo. Sorridente come il bambino che era.

Chissà se anche tu hai lo stesso sorriso.

O gli stessi occhi, la stessa curva del naso.

Di te ho solo una foto dalla quale mi guardi imbronciata. Avevi cinque anni e tuo padre è riuscito a farmela avere grazie a Pedro e Agacia. Sono stati loro a ricevere vostre rare notizie in tutti questi anni, e a farmele avere.

A me è sempre bastato sapervi vivi. Insieme.

Non potevo rischiare il tuo futuro e non so cosa avrebbe fatto Mario se vi avesse trovati come Bacicalupo ha trovato me.

Ero agli gli inizi della gravidanza di Diego, quando si è presentato all'*estancia* dicendo di voler incontrare Mario per comprare carne da portare in Europa. Al porto mi aveva visto con Massimo e non doveva essergli stato troppo difficile risalire alla sua identità. Tutti lo conoscevano: mezza Buenos Aires comprava carne dai fratelli Maggiolo.

Quando arrivò, Mario era impegnato alla scuderia e così Bacicalupo fu accolto da Pedro il quale, per fortuna, lo riconobbe all'istante. Lo fece accomodare chiedendo ad Agacia di servirgli qualcosa per rinfrescarsi. Prima di andare a chiamare il padrone, venne da me.

«*Es el hombre del puerto, Señora. No salga, por favor.* Pericoloso! Uomo *del puerto. Aquì*» mi disse. Il mio spagnolo non era ancora molto buono e per essere sicuro che io capissi mi disse più volte in italiano le poche parole che conosceva: pericoloso, *aquì* e uomo del *puerto*.

Mario di solito aveva piacere a presentarmi ai suoi ospiti e, infatti, dopo aver parlato di affari con Bacicalupo, mi mandò a chiamare per cenare insieme al nuovo cliente genovese. Non mi fu difficile evitare quell'invito, dissi di non sentirmi bene e per Mario la salute del bimbo che cresceva in me aveva la precedenza su tutto. Anche sulla buona riuscita di un nuovo più che redditizio affare.

Sapevo che non avrei potuto evitarlo per sempre adesso che mi aveva trovato. Lui non si sarebbe dato per vinto e io avrei dovuto affrontarlo prima o poi. Ora però non ero più sola. I fratelli Maggiolo mi avrebbero protetta, avrei dovuto *solo* continuare a negare d'essere Maria Elena.

Negare con Mario e con Bacicalupo. Perché Massimo sapeva chi ero dal primo istante. Sapeva chi ero ancora prima che lo sapessi io, ancora meglio di quanto io non l'avessi mai saputo. Fu lui a mostrarmi la mia vera essenza.

Qualche mese dopo Mario mi portò all'Opera. Forse fu un'imprudenza da parte mia ma del resto, che avrei potuto fare, restare per sempre segregata nella tenuta? No, non avrei potuto. Non sarebbe stato giusto né per me né per il bambino che portavo in grembo.

E così andammo a vedere *La traviata*.

Il Teatro Colón è un edificio maestoso e quando arrivammo vi era già molto pubblico radunato a chiacchierare nel foyer ma gli occhi di Bacicalupo ci misero un istante a individuarmi. Ci venne incontro, salutò Mario e, senza aspettare che mio marito mi presentasse, si rivolse a me con un inchino mellifluo.

«Lei deve essere la sposa italiana del signor Maggiolo. Sono onorato di conoscervi. Oso ma devo dirvelo, assomigliate incredibilmente a mia moglie. Avete per caso una gemella?»

Fu quella la prima volta in cui sentii Diego calciare nella pancia.

«Sono figlia unica» risposi.

«Ben rivisto signor Bacicalupo, lasciate che vi presenti anche mio fratello Massimo. È lui che si occupa delle spedizioni di carne in Europa. Lavorerete più con lui che con me.»

«Mi sembra di averla già vista da qualche parte, signor Bacicalupo, o sbaglio?» chiese Massimo con uno sguardo duro che gli rividi di rado.

I due uomini erano pronti a darsi battaglia.

In quel momento Mario, per fortuna, era stato distratto da uno dei politici di Carlos Noël, il sindaco, che si era fermato per salutarlo.

Suonò il campanello. Lo spettacolo stava per cominciare e io tirai un sospiro di sollievo perché avrei potuto rifugiarmi nel buio del teatro e nella musica.

Anche adesso sono in penombra, la luce troppo forte mi dà fastidio nella mia condizione, ma ho la radio accesa e stanno suonando la musica dell'Argentina, il tango che abbraccia, lacera e placa.

So che è arrivato anche in Europa e spero tuo padre te lo abbia insegnato. Se non l'ha ancora fatto chiediglielo. Imparerai a danzare sulle onde del mare.

Sono stanca, non riesco quasi a tenere in mano la penna e mi è difficile radunare i pensieri, afferrare le parole da scriverti per la debolezza che mi agguanta ogni momento, certo, ma soprattutto perché ora non faccio che pensare a quell'ultimo tango che abbiamo ballato, Massimo e io.

Non sapevamo ancora che sarebbe stato l'ultimo ma lo abbiamo danzato come se lo fosse. Bisogna sempre ballare questa musica magica come se fosse la prima e l'ultima volta insieme, con stupore, incanto e nostalgia.

È una nostalgia discinta quella del tango, racconta dei petali della rosa che sboccia, delle lenzuola calde e sgualcite degli amanti, del profumo di pane appena sfornato. È la nostalgia della vita appena trascorsa, inafferrabile e languida. È il tempo di un sogno che si schiude e vive fra quelle note, in quel ritmo, in quei corpi all'ascolto.

Basta.

Non posso più scrivere stasera.

Lascia che chiuda chi occhi un momento e che nella mia mente e nel cuore balli ancora una volta quel tango.

XI

Dopo la nascita di Diego, un bel maschietto forte e in salute, Mario mantenne la sua promessa e m'insegnò a cavalcare come un vero *gaucho*.

Fu la mia benedizione e la mia condanna.

Mario era orgoglioso di avere una moglie con la quale poter condividere la passione per i cavalli e non mi ha mai ostacolato nemmeno quando presi l'abitudine di fare lunghe cavalcate da sola immersa nella natura. Capiva come mi sentivo e, ogni volta che rientravo, riconosceva il sorriso di beatitudine sulle mie labbra.

Persino adesso quando vede che sto meglio mi chiede se voglio andare alle scuderie. Qualche volta mi ci ha persino portato in braccio con Pedro che ci seguiva con una sedia e Agacia che urlava dalla paura che mi facessi male. Benedetta donna, cosa potrebbe accadermi di peggio? A volte il bene che si vuole a qualcuno ci rende ciechi.

Le ho chiesto di aiutarmi a morire in pace. Sarà lei a farti avere questo diario. Me lo ha promesso. E Agacia mantiene sempre le sue promesse.

Cavalcavo come un *gaucho* ma non ne avevo la forza e né sapevo usare le bolas o il fucile e così, un giorno, Bacicalupo mi ha presa.

Mi spiava da mesi e conosceva il percorso che mi piaceva fare. Mi ha aspettato e quando sono arrivata nei pressi del suo nascondiglio si è palesato con in mano una torcia infuocata poi, urlando come un ossesso, ha spaventato il cavallo che mi ha disarcionata. Una volta a terra mi ha ghermito gettandosi su di me come un'aquila su un coniglio.

Chissà da quanto tempo organizzava quell'imboscata. Aveva preparato tutto nel dettaglio, persino la grotta nella quale intendeva tenermi era già dotata di catene. Mi avrebbe torturata a lungo e poi uccisa, ne ero certa.

Doveva prendersi la sua vendetta ma non si sarebbe mai ripreso una moglie usata da un altro per il quale aveva persino partorito un figlio. No, non lo avrebbe mai fatto. E non avrebbe certo rischiato di farsi trovare con me a Buenos Aires dove tutti conoscevano i Maggiolo.

Il suo piano era chiaro, lucido e, a mio modo di vedere, persino banale. E avrebbe anche funzionato se non fosse stato che, proprio quel giorno, nel fitto del bosco avrei dovuto incontrarmi con Massimo.

Bacicalupo non avrebbe certo potuto immaginarlo dato che i nostri incontri non erano solo segretissimi ma anche, quasi sempre, in un posto diverso.

Fu la mia salvezza.

Massimo si trovava già nei dintorni e sentì le mie grida mentre Bacicalupo mi portava verso la grotta. Mi spinse nell'antro ma non fece in tempo a entrare anche lui perché tuo padre gli piombò addosso tagliandogli la gola con il coltello da *gaucho* che portava sempre con sé. Forse lo avrai visto. Quel coltello è venuto con voi in Italia.

Lo sgozzò come un maiale con un colpo unico, sicuro e preciso.

Nascondemmo il cadavere nel fondo della grotta togliendogli i documenti, il denaro, l'orologio e l'anello che lo avrebbe forse fatto identificare.

Se e quando lo avessero trovato avrebbero pensato a dei malviventi e il caso sarebbe stato archiviato come un altro dei delitti irrisolti di questi luoghi selvaggi.

In quella grotta, Massimo e io, facemmo l'amore come mai prima.

Eros e Thanatos pare che siano indissolubilmente uniti e posso confermare che è così. Il morto era ancora caldo, coperto di sangue dall'odore ferroso e giaceva immobile poco lontano dai nostri corpi nudi che celebravano la vittoria e la vita.

Non ti nascondo che fin dal primo momento avevo voluto Massimo con un'intensità che aveva stupito persino me stessa. Avevo trovato in me un desiderio sconosciuto, che non pensavo nemmeno di poter provare.

La prima emozione che sentii con lui fu l'esaltante meraviglia di chi, per la prima volta, è in grado di fidarsi completamente di qualcuno. Mi abbandonai a lui, lasciai che mi prendesse per mano e mi insegnasse a riconoscermi.

Lo fece con le parole e con il corpo, con i gesti, gli sguardi e il desiderio, lo fece con i respiri, le mani, i silenzi e il tango.

Mi ha insegnato a ballare il sogno, a leggere i passi, a tenere il tempo della vita. Forse qualcuno un giorno dirà che il tango è un pensiero triste che balla ma io lo contesto! Non è triste, è nostalgico sì, ma languido e denso e porta in sé non la mestizia per ciò che si è lasciato ma il coraggio del nuovo e tutta la passione e l'audacia di chi osa.

Ti auguro di trovare un uomo che sappia aiutarti a fiorire. Un uomo che sia un compagno, un complice, un amico, un amante appassionato, un maestro che ti aiuti a entrare nelle profondità di te stessa. Ti auguro qualcuno che possa farti volare sulle note di un'indiavolata milonga, qualcuno che sappia di cioccolato amaro, arancia e rum, qualcuno che conosca la via per condurti fino nel più profondo dei tuoi desideri.

Tuo padre lo ha fatto con me e, solo per quei momenti, solo per quegli istanti d'infinito che grazie a lui sono riuscita ad afferrare, non cambierei per nessun'altra al mondo questa mia vita che sta per finire.

Sento i passi di Agacia.

Mi dice che devo smettere di scrivere adesso, che devo riposare, dormire. L'accontento solo perché non ho più le forze di tenere in mano la penna ma dormire non credo lo farò. Cercherò piuttosto di viaggiare con l'anima che non è malata e debole e verrò fin da te amore mio. Verrò ad accarezzarti mentre dormi, a sussurrarti che ti amo, a giurarti che mi darò per vinta solo quando avrò finito di raccontarti questa mia storia che è anche la tua.

XII

Lettera scritta da Massimo Maggiolo e mai spedita
Sempre Genova, sempre senza te

Oggi il cielo ha letto la mia anima. Le nuvole dense soffiavano grigie sul mio respiro pesante, come mani gonfie spingevano il cielo sulle teste di chi tornava a casa.

Sentivo i pensieri sibilare raffiche di inquietudine; il mio sguardo scompigliava le onde, immobile ho guardato il mare dritto negli occhi. Fermo. Come lo scoglio su cui ero seduto.

Il vento tirava il morso nella mia bocca che digrignava la smania che monta da dentro. Smania di averti, inquietudine che non si rassegna ma si oppone a questa sorte infida che strappa l'anima. Come demone imbrigliato, cerco ragione imprecando contro il vento che mi sputa in faccia il sale e sfugge dalle mie mani.

Con l'animo furioso cerco negli occhi chiusi la ragione di tutto questo.

Che senso ha?

Se tutto ha un motivo, oggi non lo trovo, oggi non lo vedo.

Ripenso alle lettere che ho scritto e a tutte le parole nuove che tingono l'avorio di questo foglio, si stringono fra loro, dipanano una figura nella quale mi ritrovo. Sono io riflesso in uno specchio distorto.

Che senso ha, puoi dirmelo?

Queste parole rimangono mute, ferme, come il mio dolore ferito dal vento e dal mare che lascia il sale sulla carne viva.

Nel mare di queste parole la penna mi arpiona e trafigge il collo arrivando fino in gola. In bocca il sapore di ruggine del sangue si mischia al tuo, di quando potevo berti nell'intimo. La tua femminilità viva scivolava su di me come miele denso.

Ho sempre pensato che il tuo gusto mi appartenesse, i miei sensi non si sono mai stupiti ma ritrovati a ogni sorso che ho gustato dalla tua coppa.

La naturalezza del nostro essere insieme ha qualcosa di primordiale, selvaggio, vero, crudo, morbido, armonico, liscio, aderente.

Non ci siamo mai risparmiati, mai abbiamo opposto resistenza. Nessun gesto di pudicizia, vergogna, ripensamento, esitazione, insicurezza. Sarebbe stato inopportuno, irrispettoso davanti all'urlo delle nostre anime.

Insieme è sempre stato come guardarsi allo specchio, siamo l'intimo, siamo il non detto, siamo l'ombra che svela, siamo il pensiero condiviso. La nostra pelle si è risvegliata dal torpore del passato, dalle rinunce, dalla sordità di chi ci stava accanto, è stato un crescendo, un planare costante sulle correnti del piacere.

Eravamo arrivati al punto di non parlare ma completare le frasi l'uno dell'altra nel silenzio, fra i tuoi gemiti di piacere che sono il canto della mia sirena.

Abbiamo sempre saputo che il peccato ci avrebbe bruciato l'anima, lo sapevamo ma noi siamo stati il rosso delle fiamme che ci ha fatto splendere.

Come due demoni abbiamo affondato i denti nel ventre del piacere placando la sete di vivere insoddisfatta da troppo tempo. Chi potrebbe mai capire tutto questo? Come riuscire a spiegare al giudizio altrui, come svelare a chi è sordo e cieco che abbiamo bevuto l'essenza della vita, la fonte dell'esistere e del viversi?

Ogni incontro rubato al tempo, strappato alla cecità di chi ci stava attorno è stato un crescendo continuo, abbiamo intrapreso questo cammino insieme scivolando sinuosamente l'uno dentro l'altra, sempre più nel profondo, immersi in questo pezzo di esistenza, siamo scesi negli abissi e quando abbiamo toccato il fondo, ci siamo accorti che era il cielo.

Amore? Possiamo chiamarlo così? Non lo so, non mi è mai bastato chiamarlo amore, l'amore è per tutti; ci hanno scritto viali di parole dai colori pastello, l'amore è quello che ha sempre avuto mio fratello per te, quello è comune amore, bellissimo, sottile, leggero, delicato, dato.

Pochi si sono immersi tra le viscere del proprio intimo e chi lo ha fatto tace, come noi. Descriverlo o svelarlo sarebbe confessare il peccato segreto agognato da ciascuno. Noi, giudicati colpevoli da chi non ha mai assaporato nemmeno per un istante quello che abbiamo vissuto. La parola giusta, se esiste, è da un'altra parte e comunque non riuscirebbe a contenere tutto il buio e tutta la luce che abbiamo vissuto.

Ma allora cosa siamo? Due forme che si uniscono in un rito pagano sotto gli occhi ciechi di chi sta attorno. L'immagine di noi due, avvinghiati alla vita e ai nostri corpi che danzano strappandosi i gemiti dalle labbra davanti a un corpo privo di vita e vestito del suo stesso sangue, non lascerà mai i miei occhi chiusi; è un'immagine che custodisco gelosamente, tesoro prezioso che mi tiene ancora in vita.

Parlare di vita e ricordarsi la morte. È strano anche solo pensarlo, ma dietro i miei occhi serrati, i suoni di quel giorno si ripetono sempre allo stesso modo.

Le scarpe che calpestano l'erba secca e il pietrisco. Il vociare indistinto, concitato e lui che ti afferra per un braccio, il suono del mio cuore che si fa pesante e fermo come roccia battuta. Vedo la sua schiena, la camicia azzurra con la chiazza di sudore.

La mano aggrappata al mio coltello Facon e il passo deciso.

Mi guardavi mentre lui ti afferrava il collo, non dicesti nulla. Le mie dita fra i suoi capelli unti di brillantina. Il collo torto e la testa girata verso di me. Volevo sapesse perché sarebbe morto e per mano di chi.

Ho sempre pensato che la vita non sia un diritto. Vivere non è dovuto, così come non lo è la felicità o la sofferenza. L'esistenza è come la luce del sole, illumina tutti indistintamente: buoni, cattivi, idioti o intelligenti. La vita presenta occasioni continue, è un gioco sottile, tra scelte e rinunce, fermi al bivio fra il prendere o il lasciare. La qualità della propria esistenza è solo una scelta di brevi istanti.

Il nostro incontro è stata l'occasione per strappare a morsi, attimi di pura esistenza, con i denti grondanti di vita. Come bestie abbiamo fatto a brandelli attimi fuggenti. Avessimo potuto straziare quel corpo morto l'avremmo fatto, le nostre mani intrecciate attorno al manico del mio coltello hanno reciso la vena come un ramo di un albero da innestare.

La lama affondava con implacabile calma fra le carni, incideva il destino di quegli occhi inutili, il suo terrore nutriva la mia sete e mostrava tutta la sua verità, tutta la paura, la sua fragilità, celata dalla violenza con la quale ti ha sempre trattata.

Il sangue vivo era un alone di morte e colorava l'eccitazione e la sensazione di onnipotenza.

Quanta vita ho sentito, in quel macabro rito. Volevo tingermi le mani di quel rosso, averlo sul viso come una maschera celebrativa.

La lama recide nell'oscurità, la carne cede la vita alla morte, il sangue gorgoglia e trascina via la storia e il tempo, lasciando la scorza di un corpo che diventa un sacco vuoto. Non fa differenza, che tu sia animale o uomo, sei la buccia vuota di ciò che non c'è più.

Ascoltavo il tuo respiro e i tuoi gemiti sommessi mischiati ai suoi e questo mi eccitava, mentre la lama affondava innestando la morte. Guardavo la luce che sul tuo vestito disegnava per me i contorni del tuo corpo, svelando la punta dei tuoi seni maturi come mirtilli. Eri irresistibile, eccitante, femmina cruda. Dovevo averti, unirmi a te, affondare come quel coltello fra le tue viscere per trovare le mie, celebrare il momento ed essere una cosa sola. Una cerimonia alla vita. Accanto a quel corpo svuotato, abbiamo toccato le vette del sublime.

Disteso a terra accanto a quello che era rimasto di lui. Tu sopra di me, mi regalavi la via della vetta che avremmo raggiunto a breve. Muovevi il bacino cavalcandomi sul sentiero di un piacere intenso. I petali delle labbra bagnate di rugiada mi stringevano morbidamente, suggendo rigonfie il più profondo del mio sentire.

Avevi gli occhi socchiusi, cercando una conferma che hai trovato nelle mani mentre guidavo la nostra danza. Io affondavo il piacere nel tuo ventre affamato.

Hai cominciato a ondeggiare in preda a una morbida e frenetica tempesta, un tremore ti ha invaso, mentre mi dirigevo ancora più a fondo dentro te. Sei esplosa, in un gemito senza fiato. Io, come la prua di una nave che increspa le onde morbide in alto mare, ho solcato le tue pareti che mi avvolgevano.

Incredula, sopraffatta, sei uscita da me e aprendo le porte del tuo giardino mi hai esondato sulla bocca tutto il tuo miele. Ho bevuto dalla coppa che mi hai offerto, il sapore denso, dolce, liquido e vivo mi disseta ancora adesso. Il gemito lungo si è svuotato dolcemente sulle mie labbra. Tu, sciolta su di me, luccicavi madida di sudore e umori intimi mischiati, avvolta da un piacere senza confini.

Il tempo ha perso il suo flusso, si è fermato in quell'istante, ed è rimasto intatto nella mia mente, in una fotografia che ogni giorno guardo per assaporarti ancora e ancora.

XIII

Mi sono svegliata molto presto stamattina.

Ho dormito poco e viaggiato tanto.

La casa è ancora immersa nel silenzio e Agacia non verrà a sgridarmi, per il momento. Mi sono trascinata fino al tavolo e ho ricominciato a scrivere. Non mi piace farlo dal mio letto di morte.

È della vita che voglio scriverti.

Di come tuo padre abbia illuminato il mio cammino.

Ti auguro di avere più di un amante e almeno un uomo che abbia avuto molte donne, un uomo che sappia come toccarti, come amarti. Qualcuno che abbia imparato sulla propria pelle anche a costo di molte ferite che il piacere apre nuove vie, che il vero erotismo, quello condiviso, perverso e giocoso, complice e irrazionale accende non solo il corpo ma, soprattutto, l'anima.

Un augurio strano per una madre, lo so, ma se tutte le madri potessero essere sincere con se stesse prima di tutto, so che nel più profondo della loro anima sarebbero d'accordo con me.

Quell'uomo per me è stato Massimo.

Sappi che odierai tutte le donne che ha avuto prima di te, che sarai invidiosa di ogni brandello di tempo che hanno passato con lui, le odierai e sarai gelosa di ciascuna di loro giacché, per te, lui è solo tuo.

E in qualche modo lo sarà. Perché sarà unico il vostro legame perché lui saprà come sfiorarti, cosa dirti, cosa tacerti. E potrà farlo solo grazie a tutte quelle donne che odi, grazie a ciascuna di loro. Sono loro che gli hanno insegnato come amarti, come spingerti a essere te stessa fino in fondo, senza pudicizie, senza remore né barriere. Le odierai all'inizio ma poi cambierai il tuo sentire nei loro confronti, la gratitudine prenderà il posto del dispetto e non potrai che ringraziarle a ogni sospiro.

Ti auguro di poterti sciogliere fra le braccia di un uomo così, di sentirti liquida e densa, di perderti nel desiderio condiviso, alla ricerca di un piacere sempre nuovo, intenso, rivelatore.

Era così, Massimo.

Aveva avuto molte donne, ne aveva soddisfatto tante ma disillusa qualcuna scontentandone una di troppo. Era una ragazza giovane e passionale, figlia di un medico, convinta che Massimo l'avrebbe impalmata.

Fu lei a denunciarci.

Fu lei a insinuare il dubbio in mio marito, a seguire Massimo ossessivamente fino a scoprire l'appartamento dove, a volte, ci vedevamo. Fu lei che, accecata dalla gelosia, una mattina di settembre portò Mario all'appartamento dove ci incontravamo in segreto facendoci cogliere sul fatto.

La scena fu grottesca ai limiti del ridicolo.

Mario mugghiante di rabbia e delusione: il fratello lo aveva tradito. Massimo cercò di parlargli ma quando vide la lama di un coltello da *gaucho* luccicare nelle mani di mio marito capì che l'unico modo per non combatterlo era la fuga.

Così, come da bambino, mezzo nudo e senza scarpe, si ritrovò a correre fra i vicoli di Buenos Aires.

«Vestiti» mi ordinò Mario mentre la figlia del medico mi guardava soddisfatta.

Tornammo a casa senza proferire parola.

Mario era più deluso da suo fratello che da una donna come me senza esperienza del mondo. Sapeva bene che femmine difficilmente resistevano al fascino di Massimo. Era sempre stato così, fin da quando era un giovanotto alle prime armi.

Mario non era arrabbiato con me.

Ma io ero incinta di cinque mesi.

«Il bambino che porti in grembo è suo?» chiese quando fummo soli in camera mia.

«Non lo so» risposi sincera.

«Non importa. Ma se sarà una femmina andrà in convento. Le figlie portano disgrazie.»

E con questo chiuse l'argomento.

Massimo, intanto, si rifugiò a Montevideo, in Uruguay, in attesa.

Non so che cosa volesse fare, quali fossero i suoi piani, ho sempre saputo che non si era allontanato troppo perché in cuor suo aveva la speranza e la volontà di venirmi a prendere, di portarmi via e ricominciare una nuova vita insieme da qualche altra parte. Brasile, Paraguay, di nuovo in Europa, un posto valeva l'altro. Emigranti una volta, emigranti sempre. Ci saremmo rimboccati le maniche e avremmo potuto ricominciare ovunque. Insieme.

Ma c'era Diego. Sapeva che non lo avrei abbandonato.

E c'eri tu, in arrivo.

Sei nata in una calda mattina di gennaio in questo mondo al contrario che è l'Argentina.

«È una bambina» mi disse Agacia adagiandoti sul mio petto.

Una bambina.

Avrei dovuto fare qualcosa per salvarti dal velo.

Mario ti guardò appena.

«Rimettiti presto che voglio un altro figlio. Un maschio» disse uscendo dalla stanza.

Ero prostrata.

«Non preoccuparti, non lasceremo la seppellisca in convento. Troveremo un modo» mi disse Agacia stringendomi le mani.

Troveremo un modo.

Una frase semplice che mi sciolse le lacrime. Non ero sola su questa terra.

Fu così che durante i sei mesi in cui mi sono presa cura di te, Agacia e Pedro rintracciarono Massimo e organizzarono la fuga.

Avremmo dovuto tornare dall'altra parte del mondo per essere al sicuro.

Massimo aveva denaro a sufficienza e io scrissi a donna Adele a Genova. Ha sempre saputo che non sei figlia di Bacigalupo ma so che ti ha cresciuto con gli stessi sentimenti che avrebbe avuto per te se fossi stata la sua vera nipote.

XIV

Montevideo non è lontana, appena di là dal Rio della Plata, eppure, mi sembrava come se fosse sulla luna. Avevo attraversato tutto l'atlantico e ora quel piccolo, stupido braccio di mare che mi separava da tuo padre mi pareva immenso, insormontabile.

Avremmo dovuto riprendere la via del mare per scappare di nuovo. Saremmo stati fuggiaschi per sempre perché Mario avrebbe fatto di tutto per ritrovare Diego ma noi speravamo di avere un certo vantaggio e di potercela fare.

La notte in cui Massimo ci venne a prendere Mario non avrebbe dovuto essere a casa. Come ogni anno era partito per affari verso Junín attraversando la grande *pampa*, una delle pianure piene di cavalli e bovini che da Buenos Aires porta verso l'interno dell'Argentina. Pensavamo non sarebbe tornato prima di un mese. Come al solito.

Mario però non è mai stato uno sciocco. E conosceva troppo bene suo fratello.

Così, la notte in cui Massimo ci venne a prendere per portarci via, lo trovammo ad attenderci con il fucile spianato sulla veranda.

«Mia moglie e mio figlio restano qui. Portati via la bambina e vattene lontano, tornatene dall'altra parte del mondo e non farti vedere mai più o giuro che vi ammazzo tutti e tre.»

La manina di Diego si strinse alla mia. Nessuno di noi, nemmeno il bambino, aveva avuto alcun dubbio. Mario non avrebbe esitato a sparare, e lo avrebbe fatto senza indugio proprio lì, sulla veranda di casa e davanti a suo figlio.

Un fiato, uno sguardo e la scelta.

Ti ho baciata prima di consegnarti addormentata e avvolta in una copertina rosa nelle braccia di tuo padre. Il cuore sulle labbra mentre ti sforavo la pelle per poi lasciarti andare via.

Massimo mi ha guardata con un'intensità che mi è bastata fino a ora che sto morendo. Avevo pensato che sarei morta lì, quella notte, per un colpo di fucile o di crepacuore per avervi perduto. E invece ho vissuto fortemente, sostenuta dalla certezza di quell'ultimo sguardo: saresti stata al sicuro e Massimo avrebbe per sempre abitato dietro ai miei occhi.

Ti ha portata via al galoppo. Vi abbiamo guardato andare via, vi siete persi in fretta nell'oscurità della notte ma il rumore degli zoccoli del cavallo è durato più a lungo. Ne sento l'eco ancora adesso.

«Metti Diego a dormire e poi vieni a letto. Sei mia moglie e io voglio un altro figlio» mi disse Mario posando il fucile.

Un altro figlio non è mai arrivato ma non posso lamentarmi; Mario ha continuato a essere lo stesso con me ed è stato un buon marito. Da quando sto così male spesso si lascia andare a qualche tenerezza. Non l'ho mai visto così.

Credo mi abbia amato davvero.

Albeggia.

Sento Agacia muoversi in cucina. Fra poco sarà qui con la colazione e dovremo discutere perché non ho fame. Non riesco a mangiar niente; mi sforzerò di mandare giù almeno un boccone per farla contenta.

Sono stremata, non so se potrò a scriverti ancora. Ma sono riuscita a dirti tutto ciò che dovevo, ciò che volevo sapessi.

Sei sempre stata parte di me, ti ho amata immensamente anche da qui, ti prego non scordarlo mai.

Quando riceverai questa specie di diario non sarò più e l'ultimo mio desiderio è che tu mi faccia una promessa, la stessa che io feci a donna Adele: promettimi di vivere e amare oltre misura. A costo di farti scoppiare il cuore.

Ti voglio bene.

Mamma

P.S. Vado via prima di te, Massimo amatissimo, ma non darti pena, ti aspetterò dall'altra parte, dove il tempo è eterno e infinito. E balleremo il nostro tango di nuovo. Insieme.

Genova, 28 giugno 1949

Gentile editore,

mi chiamo Maria Elena Maggiolo, non sono una scrittrice ma vi ho inviato questo carteggio perché sono convinta che potrebbe diventare un romanzo di qualche interesse.

Si tratta del diario, o forse dovrei dire meglio, della *lettera-memoriale* che mia madre mi ha scritto prima di morire. Una madre amorevole che non ho mai conosciuto e che ha sacrificato ciò che aveva di più bello al mondo per la mia salvezza.

Mi piacerebbe saper scrivere come lei ma non essendone in grado credo che l'unico modo per rendere giustizia alla sua storia (che è anche la mia) sia quello di rivolgermi a voi.

Ho ricevuto questo incartamento quando mia madre ormai non era più. Ho letto, pianto, gridato, sofferto. Mi sono commossa, emozionata e ho amato con lei. Poi ho chiesto a mio padre di raccontarmi chi fosse davvero quella donna di cui, fino ad allora, mi aveva parlato pochissimo.

Non è stato in grado di farlo se non con piccoli frammenti di parole e ricordi. Il solo pensiero di lei lo faceva star male. I suoi silenzi mi hanno fatto arrabbiare moltissimo. Ma non gliel'ho mai detto. Ogni volta che gli chiedevo di raccontarmi qualcosa in più stava male, male fisicamente. Spiegarlo mi è impossibile ma è così. Ora che anche lui mi ha lasciata e che ho trovato anche le sue lettere so d'aver fatto la scelta giusta.

Le ho trovate mentre liberavo gli armadi dai suoi abiti, con le lacrime agli occhi sceglievo cosa buttare, cosa devolvere a chi ne avesse avuto bisogno e, soprattutto, mentre decidevo cosa tenere per me. Il suo orologio, certo, ma anche la boccetta di profumo usata a metà e l'ultima delle sue camicie, quella ancora impregnata con l'aroma della sua pelle.

Le lettere erano in un angolo dell'armadio, le ho trovate sotto molte altre cose inutili, abbandonate lì in una scatola. Lettere mai inviate che aspettavano solo i miei occhi.

Le ho inserite fra le pagine del diario nei punti in cui mi sembrano completare quello che mia madre non ha scritto. Non so se sarete d'accordo con questa scelta ma se siete arrivati fin qui avete letto l'incartamento.

Non vi chiedevo altro.

La pubblicazione, se lo riterrete, verrà da sé.

Cordialmente

Maria Elena Maggiolo

NOTA DELL'AUTORE

Se siete miei lettori abituali sapete ormai che scrivo sempre una nota d'autore alla fine del romanzo. In questo caso, ho quasi pensato di non farlo per non rovinare il gusto dolceamaro che mi auguro abbia lasciato la sua lettura.

Poi mi sono detta che magari avreste voluto sapere che l'idea del romanzo è nata una sera ballando tango con un ballerino che è stato capace di portarmi sulle onde dell'oceano, proprio nella sala delle feste di un transatlantico dei primi del Novecento, fra le coste della Spagna e quelle dell'Argentina.

Tornando a casa a notte fonda mi sono domandata come avrei potuto restituire quella sensazione a parole, come avrei potuto dipingere i passi di quella danza che porta in sé così tanto sentire, così tanta storia. Non ho esitato e mi sono messa subito a scrivere cercando di fermare sulla carta quello che la musica e la danza mi avevano suggerito o forse, meglio, mostrato.

È così che è nato *Fino alla fine di noi*.

Dopo una dichiarazione del genere, vi starete chiedendo come mai il romanzo non si sia soffermato in più lunghe descrizioni sul tango, perché non vi siano scene in milonga o perché non abbia indugiato sul suono del bandoneón o degli altri strumenti che caratterizzano questo genere musicale. Non l'ho fatto perché non è un romanzo sul tango ma un romanzo che è stato pensato per danzare pagina dopo pagina sul ritmo del tango. Su quello che il tango significa certo, ma, soprattutto, sul rapporto che vi è fra il suggerimento di un passo e la scelta di seguirlo, fra i cosiddetti *adorni* che personalizzano la danza e il tempo che il partner è disposto a concederci per compierli. Un tango che si danza in due ma come entità unite e divise in equilibrio fra loro.

La fascinazione della storia di questa musica non poteva poi che spingermi a raccontare dell'emigrazione verso l'Argentina senza la quale non sarebbe mai nata.

E gli emigranti, cioè l'umanità di terza classe è partita e parte ancora oggi con lo stesso carico di nostalgia e sogni, affronta le stesse difficoltà, gli stessi pregiudizi come se, nei piani più bassi delle navi, accanto alle stive per le merci, il tempo si fosse fermato. Come se le storie e le sofferenze degli emigranti dovessero sempre uguali a se stesse. Ricordarle, forse, potrà finalmente servire ad attuare un cambiamento.

RINGRAZIAMENTI

Questa è sempre la pagina più bella da scrivere e ogni volta è una gioia poter ringraziare in un libro chi mi resta vicino sempre, anche nella tempesta.

In primis vorrei ringraziare le mie figlie, cui questo libro è dedicato, senza di loro forse non sarei stata in grado di raccontare così nel profondo alcuni aspetti della maternità.

Grazie alla mia fantastica amica e lettrice zero, Elena Frasca, che mi legge sempre con grande attenzione e competenza oltre che con gli occhi di chi sa.

Grazie ad Alessandra Calanchi che ha curato la prefazione di questo romanzo e che lo ha letto come solo una vera critica letteraria sa fare: ha giocato con gli specchi che ho lasciato sul percorso ed è andata dritta al cuore del testo. Se siete arrivati fin qui significa che avete già letto il romanzo e dunque ora vi consiglio di rileggere la sua illuminante prefazione.

Last but not least grazie al caro Giorgio Rizzo che mi sopporta e mi sostiene in molti modi e che, per questo libro, ha disegnato la bellissima e fortemente simbolica copertina.

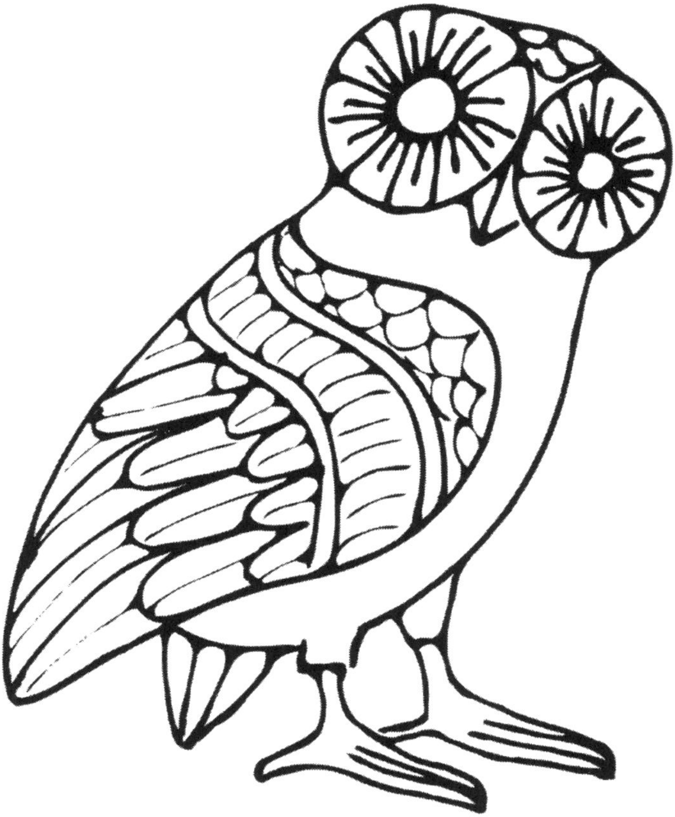

DELLA STESSA AUTRICE

LA BESTIA A DUE SCHIENE

Giada Trebeschi

Romanzo

Oakmond Publishing

La bestia a due schiene
Giada Trebeschi

Nero. Il colore della fuliggine londinese, del mistero, del retroscena di quello che è la grande, imponente e maestosa facciata vittoriana.

In questa oscurità continua, in questa Londra di fine Ottocento in cui Jack lo squartatore può agire indisturbato, si muovono personaggi che si mostrano solo nel momento in cui un accidentale fascio di luce li rivela per poi tornare, come a teatro, a nascondersi di nuovo nel buio più profondo.

Nel tentativo di far diradare le tenebre, Scotland Yard chiede in segreto allo scozzese Duncan Primerose d'infiltrarsi nella compagnia che sta mettendo in scena l'Othello poiché si sospetta che l'attore principale, Jack Hutchinson, la stella che tutti adorano, sia proprio il feroce assassino che uccide le prostitute a Whitechapel.

Duncan accetta l'incarico e, vestendo i panni di uno dei dieci membri della compagnia, si rende presto conto che ognuno di loro, oltre a odiare profondamente Hutchinson nasconde segreti inconfessabili. Che Hutchinson sia davvero un mostro? O che siano le voci messe in giro su di lui a farlo credere tale?

In una discesa agli inferi ancora più nera di quella de Il vampiro di Venezia l'autrice conduce il lettore in un viaggio claustrofobico che si muove lungo i cunicoli più nascosti e impervi dell'animo umano creando un giallo della camera chiusa il cui fine ultimo non è solo la risoluzione del caso.

Il vampiro di Venezia

Giada Trebeschi

Oakmond Publishing

Il vampiro di Venezia
Giada Trebeschi

Venezia, Natale 1576
La peste ha già messo in ginocchio la città quando, in una chiesa, avviene il primo di una serie di efferati omicidi e, come se non bastasse, sull'isola del Lazzaretto Nuovo viene scoperta una masticatrice di sudari, un mostro che torna dai morti cibandosi di sangue umano. Il negromante Nane Zenon rende il vampiro inoffensivo, eppure, sono in molti a credere che gli omicidi e la peste abbiano a che fare con i masticatori e così, per volere del Doge in persona, Nane affianca le indagini del Signore di notte al Criminàl Orso Pisani. Orso è però un magistrato pragmatico che non crede ai succhia sangue né alle superstizioni e risolverà il caso minando le certezze di Nane e mettendolo di fronte a una realtà ben più terrificante di qualsiasi mostro immaginario.

Sullo sfondo di questo thriller fosco e angoscioso la città dei mercanti, degli ebrei e degli arabi che non disdegnano di fare affari insieme; la Serenissima delle spie e delle cortigiane, dei segreti e degli intrighi, la meravigliosa e struggente Venezia dei ricami di pietra e degli amori impossibili.

Il romanzo s'ispira al ritrovamento del cosiddetto vampiro di Venezia cioè lo scheletro di una donna con un mattone in bocca, risalente agli anni della grande peste di fine '500 e rinvenuto sull'isola del Lazzaretto Nuovo durante gli scavi archeologici del 2006.

L'autista di Dio

Vincitore Premio Letterario Festival Giallo Garda 2017

Romanzi inediti

Giada Trebeschi

Oakmond Publishing

L'autista di Dio
Giada Trebeschi

L'autista di Dio è un romanzo giallo di spionaggio basato su fatti veri e costruito su linee parallele in cui hanno un ruolo importante personaggi realmente esistiti come Rodolfo Siviero, il famoso agente segreto, Giorgio Castelfranco, il direttore del Pitti, l'arcivescovo di Firenze Elia Dalla Costa e il grande campione Gino Bartali.

Nel 2013 nella casa dei Gurlitt a Monaco, viene ritrovato parte del favoloso tesoro d'opere d'arte degenerata requisite dai nazisti. Fra queste, c'è una tela di De Chirico e l'unica in grado di autenticare il quadro è la bolognese Alba Naddi, consulente esterna dei carabinieri del nucleo per la tutela del patrimonio culturale. Un giorno uno dei possibili eredi contatta Alba informandola d'aver recentemente trovato un diario in cui vi sono indizi utili per rintracciare i legittimi proprietari. Il diario è destabilizzante, Alba si ritroverà a rischiare la vita a causa di un segreto vecchio di 75 anni e scoprirà la storia del temerario pilota Angelo Tiraboschi, sospettato di traffici illeciti e dell'omicidio di un imprenditore dell'acciaio. Su Tiraboschi investigano congiuntamente l'Ovra e la Gestapo in un gioco di specchi dove nulla è come sembra, dove molte sono le spie e dove la bellezza dell'arte si mischia a quella delle spettacolari automobili che partecipano alla Milla Miglia del 1938.

L'amante del diavolo

Romanzo

Giada Trebeschi

Oakmond Publishing

L'amante del diavolo
Giada Trebeschi

«Eccola è lei, la strega! Arrestatela.» Eppure, prima di essere imprigionata la strega riesce a nascondere il suo grimorio, il libro della conoscenza e delle ombre, che può essere tramandato solo di madre in figlia, di donna in donna. Il grimorio è lo strumento per perpetuare non soltanto le nozioni ma tutta la libertà che il sapere concede agli esseri umani e deve essere protetto a costo della vita. Così, nei giorni del processo, si produce un'inarrestabile catena di eventi terribili e straordinari che porteranno a più di un sacrificio pur di salvarlo.

Il fil rouge del romanzo è rintracciabile nel processo per stregoneria a Bellezza Orsini, avvenuto agli inizi del XVI secolo e racconta non solo la sua storia, ma soprattutto la determinazione e il coraggio di una donna di conoscenza, una medichessa, una levatrice per la quale non c'è niente di più importante del passaggio di questo sapere. La sopravvivenza delle sue conoscenze erboristiche e mediche ha più valore della sua stessa vita e, incalzata dal pregiudizio, dalle superstizioni e dalla Santa Inquisizione sceglierà di incarnare l'archetipo della strega pur di salvare la sua arte.

Sullo sfondo, orrori e meraviglie della Roma e Firenze rinascimentali, l'eroismo di un vecchio ebreo, i pregiudizi della gente comune, le atrocità dei metodi di tortura del Sant'Uffizio e il tormento di una struggente e impossibile storia d'amore.

Undici Passi

Romanzo

Giada Trebeschi

Oakmond Publishing

Undici passi
Giada Trebeschi

Ottobre 1917

Emanuele Giuffrida, giovane pittore siciliano, viene mandato a combattere in Friuli, dove è costretto a vivere e combattere, al freddo, sotto la pioggia, lontano dalla sua terra assolata, in un luogo in cui abbondano solo fango, paura e morte. È già un miracolo che riesca a sopravvivere per più di tre mesi ma ancor più prodigioso è il fatto che Luigi, suo vecchio compagno di scuola imboscato in ufficio al comando di Palmanova, riesca a tirarlo fuori dalla trincea. Emanuele ha mani magiche, sarebbe uno spreco perderle in prima linea; così Luigi riesce a far impiegare il pittore nella realizzazione delle nuove importantissime mappe del fronte.

Emanuele è riconoscente al suo salvatore e farebbe qualsiasi cosa per lui, qualsiasi cosa pur di non tornare in trincea condannandosi a un inferno ben peggiore di quello che mai avrebbe potuto immaginare.

Un racconto duro e violento sulla discesa agli inferi di uomini e donne che, trasfigurati dagli orrori della guerra, combattono il nemico e i propri demoni; una storia nera, buia in cui Giada Trebeschi dimostra come la brutalità provi a soffocare il bello che pur si annida nel cuore degli uomini e l'arte sia l'unica luce possibile in grado di squarciare l'oscurità.

Sullo sfondo gli orrori della Grande Guerra e la disfatta di Caporetto.

·ECELINVS·DE·ROMANO·PATAVINORVM·TYRANNVS

Gli Ezzelino
Signori della guerra

Premio Campiello
Finalista - opera prima

Giada Trebeschi

Oakmond Publishing

Gli Ezzelino. Signori della guerra
Giada Trebeschi

Seguendo una delle più controverse e ambigue cronache ezzeliniane – cioè quella di Pietro Gerardo – questo romanzo racconta con nitidezza di particolari e grande partecipazione emotiva, la vita, gli intrighi e le guerre della dinastia degli Ezzelino da Romano che, tra XII e XIII secolo, ha dominato e tiranneggiato la marca Trevigiana.

Tramite il gioco del doppio narratore – che rimanda al *topos* antropologico delle serate attorno al fuoco della più antica tradizione orale – il giovane Pietro Gerardo riferisce le storie ascoltate dalla viva memoria della vecchia strega Erofile.

La strega ha conosciuto più di una generazione dei da Romano e ne ripercorre le gesta soffermandosi particolarmente sul diabolico Ezzelino III del quale si disse ogni peggior cosa e che, alleato dell'imperatore Federico II e come lui scomunicato dal papa, venne poi relegato da Dante all'inferno.

Il testo è avvincente e stimolante nella sua impostazione e, grazie a una coinvolgente e inappuntabile narrazione, l'autrice cesella affascinanti ritratti di vita medioevale sia nelle campagne sia nei palazzi del potere.

Una storia che viene dal passato per un libro modernissimo, da non perdere, per chi desideri vivere il romanzo della Storia raccontato con grande forza narrativa.

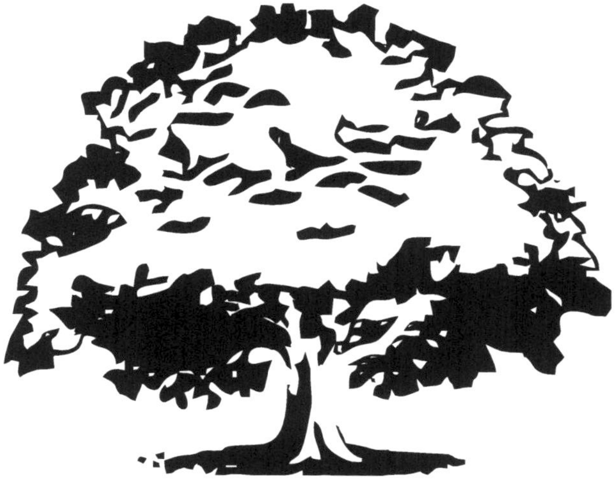